À tous les lecteurs Capes-Vertes et à leurs animaux totems.

S. P.

Titre original : *Spirit Animals Fall of the Beasts : Heart of the Land*

Les données de catalogage avant publication sont disponibles.

Copyright © Scholastic Inc., 2017.

Copyright © Bayard Éditions, 2018, pour la traduction française.

Tous droits réservés.

Spirit Animals (Animal Totem) et tous les logos connexes sont des marques de commerce ou des marques déposées de Scholastic Inc.

Ce livre est une œuvre de fiction. Les noms, personnages, lieux et incidents mentionnés sont le fruit de l'imagination de l'auteur ou utilisés à titre fictif. Toute ressemblance avec des personnes, vivantes ou non, ou avec des entreprises, des événements ou des lieux réels est purement fortuite.

L'éditeur n'exerce aucun contrôle sur les sites Web de tiers et de l'auteur, et ne saurait être tenu responsable de leur contenu.

Il est interdit de reproduire, d'enregistrer ou de diffuser, en tout ou en partie, le présent ouvrage par quelque procédé que ce soit, électronique, mécanique, photographique, sonore, magnétique ou autre, sans avoir obtenu au préalable l'autorisation écrite de l'éditeur. Pour toute information concernant les droits, s'adresser à Scholastic Inc. aux soins de Permissions Department, 557 Broadway, New York, NY 10012, É.-U.

Édition publiée par les Éditions Scholastic, 604, rue King Ouest, Toronto (Ontario) M5V 1E1

5 4 3 2 1   Imprimé en Italie CP126   18 19 20 21 22

SARAH PRINEAS

LES BÊTES SUPRÊMES

ANIMAL TOTEM

5

LE MONSTRE DE GILA

Traduit de l'anglais (États-Unis)
par Anath Riveline

Éditions

■SCHOLASTIC

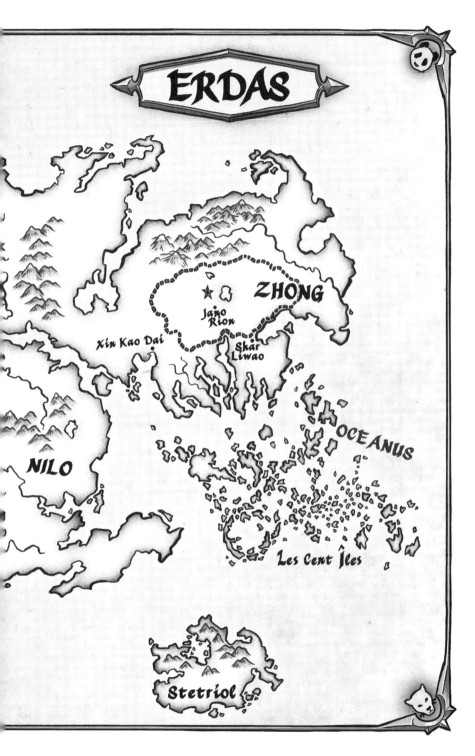

Princesse Song

La princesse Song, la fille de l'empereur du Zhong, faisait les cent pas dans ses appartements de la Citadelle du Conseil. Bientôt, les chefs des quatre gouvernements de l'Erdas, ainsi que le dirigeant du Stetriol, se réuniraient pour la première fois depuis leur exode causé par les invasions du Dévoreur et l'attaque du Wyrm.

Elle n'avait pas été invitée aux débats.

Ce qui la contrariait immensément.

Song veillait à marcher à petites foulées délicates, évitant les grandes enjambées qu'elle brûlait de faire. Elle affichait une apparence calme et sereine, ses cheveux noirs coiffés en une tresse tenue par des épingles en diamant, sa robe joliment brodée en vert océan et émeraude riche. Mais à l'intérieur, elle bouillonnait. Pourquoi devait-elle toujours faire office de décoration ? Le titre de princesse ne l'intéressait pas s'il ne s'accompagnait pas des responsabilités qui lui incombaient.

Du couloir lui parvinrent des bruits de pas, la voix d'un garde et soudain, la lourde porte de la chambre de Song s'ouvrit grand. L'empereur du Zhong entra, suivi de deux fidèles Oathbound : ces hommes, vêtus d'uniformes noirs avec des protège-poignets et des protège-cou en cuivre qui leur soulevaient le menton étaient des gardes liés par leur serment. Ils se postèrent autour de la porte, le visage impassible.

L'empereur, un colosse, portait une armure de cérémonie en bambou laqué et doré. Elle cliquetait à chacun de ses pas. Ses longs cheveux noirs étaient attachés en une natte de guerrier, même si Song

savait qu'il n'avait pas combattu dans la guerre contre le Dévoreur. Il était resté tapi dans l'ombre, tout comme la reine de l'Eura, la première ministre de l'Amaya et le Haut Dignitaire du Nilo. Maintenant que le danger était écarté, ils avaient tous repris leurs anciennes fonctions de dirigeants de l'Erdas.

– Ma fille ! lança-t-il de sa voix profonde de souverain.

Song baissa les yeux, croisa les mains gracieusement et s'inclina avec un profond respect.

– Père, répondit-elle tout bas.

Alors qu'elle se redressait, les yeux perçants de l'empereur l'examinèrent, à l'affût de la moindre faute ou imperfection. Song resta immobile sous son regard. L'empereur fronça les sourcils, mécontent de sa robe brodée. Le vert n'était plus une couleur très prisée.

– On me dit que tu désires me parler.

Song fit une nouvelle révérence.

– Oui, mon cher père. Avec votre permission, je voudrais assister à la réunion du Conseil demain.

– Elle est réservée aux leaders de l'Erdas, objecta-t-il.

Song serra les mains, mais s'efforça de se détendre. Il ne fallait pas qu'il voie combien cela comptait pour elle.

– S'il vous plaît, père, implora-t-elle.

Sévère, les yeux plissés, l'empereur l'examina un long moment. Sa bouche formait une ligne droite et Song devina sa réponse avant même qu'il ne la formule.

– Non.

Sans explication ni justification.

– Mais..., bredouilla Song.

Il leva une main pour la faire taire.

– Ce n'est pas un lieu pour une fille obéissante.

– Je ne parlerai pas, promit Song. Je ne ferai qu'observer.

Le visage de l'empereur n'afficha aucune expression comme s'il était gravé dans le jade. Song connaissait ce regard. Son père enrageait.

– Ce sera bien, assura-t-elle d'une voix douce. Pour que les leaders de l'Erdas voient que votre fille a survécu aux récents conflits. Grâce à vos bons soins et à votre perspicacité.

Elle jeta un rapide un coup d'œil aux gardes devant la porte.

– Et grâce à la loyauté des Oathbound.

La bouche de l'empereur se détendit légèrement. Lentement, il hocha la tête.

– Très bien. J'exige que tu restes silencieuse derrière ma chaise.

Il la toisa une nouvelle fois.

– Et que tu portes une robe d'une couleur plus adaptée.

Song baissa les yeux pour qu'il n'y distingue pas l'éclair de colère qui les traversait. Il la traitait toujours ainsi. Pour lui, elle n'était qu'une jolie poupée, pas un être humain de chair et de sang. Elle esquissa une autre révérence.

– Je ferai selon votre volonté, père.

Elle resta inclinée jusqu'à ce qu'elle entende l'empereur quitter la pièce avec ses gardes. Elle se redressa alors. Si elle avait pu voir son visage dans un miroir, elle aurait remarqué que sa bouche dessinait la même ligne droite que celle de son père.

Elle assisterait à la réunion, mais pas en tant que simple observatrice.

Elle ne se tairait pas.

Le Conseil et l'empereur entendraient ce qu'elle avait à dire.

La Citadelle

— J e n'aime pas cet endroit, commenta Rollan en contemplant la Citadelle du Conseil.

Un imposant château apparaissait au cœur des montagnes Petral qui le dominaient tels des nuages de tempête.

Depuis la route où elle se tenait avec Rollan, Meilin et Conor, Abéké vit que la Citadelle consistait en une immense tour centrale d'où s'étiraient quatre ailes, chacune construite dans le style d'un des quatre continents principaux de l'Erdas. Les drapeaux aux couleurs vives du Nilo, du Zhong, de l'Eura et de l'Amaya flottaient fièrement au-dessus de la tour principale, attachés à un large portail. Ils ne faisaient cependant pas oublier que la moitié des fenêtres de la Citadelle étaient brisées. De la mousse recouvrait les toits en ardoise et plusieurs murs semblaient près de s'écrouler.

Abéké le voyait bien : la Citadelle était une imposante bâtisse négligée depuis bien longtemps.

Meilin fronça le nez.

– Un peu délabré, vous ne trouvez pas ?

Elle se tenait entre Rollan et Jhi, qui ressemblait à un bloc de fourrure noir et blanc.

– Plus qu'un peu, confirma Abéké.

Elle montra du doigt la partie de la Citadelle construite dans le style imposant de la forteresse du Nilo.

– Tu vois les trous dans le toit ? S'il pleut, ceux qui dorment là se réveilleront dans un lit trempé.

Elle regarda derrière elle. Conor se trouvait à quelques pas des autres.

Abéké attendit qu'il intervienne. Mais il resta muet. Le combat contre le Wyrm s'était achevé des mois plus tôt, pourtant, Conor souffrait encore de l'horreur que le parasite lui avait fait vivre. Le Wyrm avait laissé des séquelles à beaucoup de Capes-Vertes. Uraza et elle avaient également été marquées, mais pour Conor, ça avait été bien pire. Au moins, il avait eu le soutien indéfectible du fidèle Briggan, qui n'avait jamais quitté ses côtés.

Et elle avait retrouvé Uraza. La panthère était assise tout près d'elle, plus près qu'à son habitude, même, pour la rassurer : leur lien tenait toujours, même s'il avait été brièvement, mais cruellement, rompu par Zerif. Uraza avait les oreilles dressées et sa longue queue épaisse s'enroulait autour des chevilles d'Abéké. La jeune fille adressa un sourire à Conor, espérant qu'il le lui retourne.

Conor détourna les yeux et se frotta le front comme s'il avait mal. *C'est peut-être le cas*, songea-t-elle. L'affreuse spirale noire du Wyrm avait pulsé sous sa peau pendant plusieurs jours. Le stigmate s'était effacé, mais Abéké savait bien que les infamies du Wyrm ne s'oubliaient pas aussi facilement.

Si Conor avait besoin d'elle, elle se faisait un point d'honneur d'être présente pour lui.

— On ferait mieux d'entrer, suggéra Meilin. Il ne faut pas qu'on soit en retard.

— On est déjà en retard, objecta Rollan.

Au-dessus d'eux, Essix décrivait de larges cercles, dans les nuages gris.

— Olvan, Lenori et les autres Capes-Vertes sont sûrement déjà arrivés, renchérit Abéké.

— Et on aurait été à l'heure, si une grosse ourse noire et blanche ne s'était pas empiffrée d'une forêt entière de bambou et qu'elle n'avait pas mis trois jours à s'en remettre, ajouta Rollan.

— Ce n'est pas de la faute de Jhi si son plat préféré poussait à côté de cette auberge ! protesta Meilin.

Quand les quatre enfants avaient reçu leur convocation par Olvan, d'eux d'entre eux visitaient Jano Rion, la ville natale de Meilin. Conor était dans sa famille à Trunswick, comme le savait Abéké. Elle espérait qu'ils s'étaient bien occupés de lui, même si elle imaginait que de simples bergers ne pouvaient pas comprendre ce qui lui était arrivé. Après avoir

retrouvé Uraza dans le Stetriol, Abéké était partie voir Kirat et son lion Cabaro dans le Nilo.

Ses amis lui avaient manqué, mais une coupure lui avait fait du bien. Elle en avait profité pour aller chasser la gazelle avec Uraza, son arc et tout un carquois de flèches à la pointe en obsidienne. Au moment où elle allait partir plus au sud pour rendre visite à sa famille, la convocation était arrivée. Elle était contente de retrouver ses amis, mais aurait volontiers passé encore quelques jours loin de la tension et des angoisses indissociables de son statut de Cape-Verte. Et pas juste une Cape-Verte parmi d'autres, mais une des quatre héroïnes de l'Erdas.

Obéissant à l'injonction d'Olvan, ils s'étaient rencontrés à Havre-Vert, mais trop tard pour partir avec le reste du contingent. Après avoir traversé l'Eura au plus vite, ils avaient pris une calèche qui les avait déposés à un kilomètre et demi de leur destination. Leurs animaux totems avaient ainsi pu se dégourdir les jambes ou les ailes avant d'être enfermés dans la Citadelle.

Les quatre héros de l'Erdas, accompagnés de Briggan, Jhi, Uraza, et Essix au-dessus de leurs têtes, se dirigeaient vers le portail principal, une arche en pierre munie d'une herse remontée qui ressemblait à une rangée de dents en fer. Les drapeaux des quatre continents claquaient dans le vent.

— Il manque celui des Capes-Vertes, remarqua Meilin.

Abéké se demanda ce qu'il fallait en penser.

Cinq gardes, tous vêtus de noir, sous leurs armures renforcées de canons d'avant-bras et de cols, examinaient les enfants. Tous les cinq avaient des épées rangées dans leurs fourreaux sur les hanches, mais seule une grande femme aux cheveux courts était une Marquée. Autour de son biceps, s'enroulait un petit serpent marron. Chef de la garde, elle leva la main pour les arrêter. Le serpent descendit vers sa main et s'entortilla dans ses doigts. Sa langue sortit pour sentir l'air.

Conor avança à côté d'Abéké.

— Je connais ce type de serpent, lui murmura-t-il. Il vient de l'Eura. C'est une vipère pierre.

— Elle est dangereuse?

— On les voit rarement, répondit Conor en hochant la tête. Elles se cachent sous les rochers, mais leur

morsure est mortelle sans intervention rapide. Leur venin transforme leurs victimes en pierre. Seul un antidote peut les sauver.

– Arrêtez ! ordonna la Marquée. Je suis Brunhild la Joyeuse.

Le visage déjà renfrogné de la femme se voila d'un froncement de sourcils. Abéké se dit que « la Joyeuse » devait être son surnom ironique. Parce que ce n'était sûrement pas le qualificatif qui la définissait le mieux.

– Quelle est la raison de votre présence ici ? aboya Brunhild.

Meilin montra sa cape verte avant de se tourner vers Jhi.

– Ce n'est pas clair ? Nous faisons partie du contingent des Capes-Vertes.

– Les Capes-Vertes sont arrivés hier, affirma la femme d'une voix aussi sifflante que celle d'un serpent. Ils n'ont pas parlé d'un groupe de gamins qui devait les rejoindre. Cette réunion concerne les leaders de l'Erdas. Vous n'avez rien à faire ici.

– Pardon ? s'offusqua Rollan en croisant les bras. Nous ne sommes pas juste un groupe de gamins ! On a sauvé le monde !

— Deux fois, renchérit Abéké.

— Les héros de l'Erdas, ajouta Rollan. Ça ne vous dit rien ?

— Vous pensez que j'ai entendu parler de quatre gosses pleurnichards ?

— Je ne suis pas un gosse pleurnichard, affirma Rollan avant de se tourner vers Abéké. Toi, si ?

— Non, répondit Abéké. Je ne me considère pas comme une gosse. Et je ne pleurniche jamais.

Ça s'annonçait mal. Abéké sentit Uraza se raidir à côté d'elle, prête à bondir. Elle caressa la tête de la panthère pour la calmer.

Meilin poussa un profond soupir.

— Ça suffit. Nous ne sommes pas ici pour nous battre.

Jhi s'assit à côté d'elle, plus immobile qu'un mur.

— Olvan, le chef des Capes-Vertes, nous a convoqués. Qu'il vous ait ou non prévenus de notre arrivée, nous devons entrer.

— Je ne crois pas, objecta Brunhild la Joyeuse.

Une main sur la garde de son épée, elle fit un pas en avant.

– Vous ne pouvez pas entrer. Maintenant, déga-gez, *Capes-Vertes*.

Elle prononça les derniers mots comme si elle lançait un sort.

À côté de Conor, Briggan laissa échapper un râle furieux. La fourrure de son cou se hérissa.

En réaction, la garde leva la main. Le serpent sur son poignet se redressa, prêt à frapper. Abéké aper-çut les gouttes de poison qui coulaient sur ses crocs rétractables.

Conor agrippa sa hache. Meilin tira son épée de son fourreau et se mit en position de combat. Abéké gardait les yeux rivés sur le serpent, s'apprêtant à le traverser d'une flèche s'il s'attaquait à l'un d'eux.

– Ne les laissez pas entrer dans la Citadelle ! ordonna Brunhild la Joyeuse.

Les quatre autres gardes se ruèrent sur les enfants, leurs épées brandies.

– Pas de sang ! avertit Meilin en voyant Abéké lever son arc.

Abéké hocha la tête. Ils ne seraient pas les bien-venus dans la Citadelle s'ils blessaient ou tuaient des gardes. Ils avaient été invités, il n'y avait aucune raison qu'ils entrent par la force !

Avec un cri, un des gardes assena un coup d'épée à Meilin, qui para sans effort et indiqua d'un hochement de tête à Conor et Briggan de le neutraliser. Les trois autres gardes se ruèrent sur elle. Abéké vit un sourire se dessiner sur le visage de Meilin et soudain, celle-ci éclata de rire et jeta son épée dans les airs. Alors que l'arme s'élevait vers le ciel, étincelant dans la lumière, Meilin donna un coup de coude dans la tête d'un des gardes, pivota pour esquiver l'épée d'un autre et le renversa en lui fauchant les jambes. Alors que son épée entamait sa descente, elle repoussa le troisième garde d'une tape dans la poitrine. Elle rattrapa l'épée par le manche et menaça de sa pointe les trois hommes blessés à ses pieds.

Pendant ce temps, Briggan avait refermé sa puissante mâchoire sur une quatrième garde. Pas assez fort pour la faire saigner, mais suffisamment pour la maintenir à terre. Uraza, quant à elle, avait plaqué au sol Brunhild la Joyeuse d'un bond. La panthère gardait ses pattes avant sur le buste de la femme

pour l'empêcher de se relever. La vipère avait disparu.

Abéké avait envie de rire. Le combat avait duré moins de dix secondes et elle n'avait pas eu à décocher une seule flèche.

– Attention ! lui hurla Rollan.

Elle se tourna et vit dix autres silhouettes noires, armées d'épées et de lances, qui se ruaient sur eux depuis le corps de garde à côté du portail.

Uraza grogna et Abéké s'empara de son arc. Du sang serait versé, finalement. C'était inévitable.

Abéké était sur le point de tirer une flèche quand elle fut interrompue par une voix aiguë.

– Arrête !

Dans un tourbillon de soie verte, une jeune fille aux cheveux noirs vint s'interposer entre les gardes de la Citadelle et les quatre Capes-Vertes et leurs animaux totems. Elle était toute petite – à peine de la taille d'une enfant de dix ans – mais son visage était d'une grande beauté et elle avait au moins leur âge, voire un peu plus. Sa voix était autoritaire.

– Debout ! ordonna-t-elle aux gardes.

À la grande surprise d'Abéké, ils rangèrent aussitôt leurs épées et leurs lances. Ceux que les Capes-Vertes avaient neutralisés ramassèrent leurs armes perdues pendant la bataille et regagnèrent leurs quartiers.

Brunhild la Joyeuse se leva, recula et inclina la tête. Son serpent n'était toujours pas revenu.

– Votre Altesse, murmura-t-elle.

La fille esquissa un rapide hochement de tête, avant de se tourner vers les quatre Capes-Vertes. L'espace d'un instant, Abéké distingua sur son visage plus que de la beauté – de la puissance, peut-être, de la détermination ou de la colère. Cette lueur s'effaça quand elle resserra les pieds, croisa les bras et fit une gracieuse révérence.

– Je suis la princesse Song, fille de l'empereur du Zhong. Soyez les bienvenus. Je vous prie d'excuser ces gardes. Ce sont des Oathbound et ils ont juré de protéger les leaders des quatre continents. Ils ont agi à la hâte, sans réfléchir, lorsqu'ils vous ont interdit l'accès à la Citadelle.

Abéké baissa son arc. Conor, Rollan et elle se tournèrent vers Meilin, l'invitant en silence à prendre la parole. Non pas parce qu'elle était originaire du Zhong, comme la princesse Song, mais parce qu'elle avait été élevée dans le respect des bonnes manières et savait comment se comporter dans ce genre de situation.

Meilin se redressa et rangea son épée dans son fourreau. Avec son allure tout aussi noble de fille de général zhongais, elle adressa à la princesse un petit hochement de tête.

– Ils ont agi bien trop vite, en effet. Comme vous l'avez vu, nous sommes venus à bout sans aucune difficulté des cinq premiers. Nous nous serions débarrassés des autres avec la même facilité.

Abéké entendit Brunhild la Joyeuse lâcher un grognement agacé.

– Je n'en doute pas, affirma la princesse Song.

Elle se tourna vers les gardes et les contempla avec sévérité.

– Ce sont les héros de l'Erdas, leur expliqua-t-elle. Ce sont les jeunes Capes-Vertes qui ont si courageusement combattu le Dévoreur et qui nous ont sauvés du Wyrm. Brunhild, toi et tes Oathbound, vous n'avez pas été témoins de leurs actes de bravoure, car vous vous cachiez avec les leaders de l'Erdas. Vous devriez montrer le plus grand respect à ces jeunes gens.

À contrecœur, les gardes s'inclinèrent.

– Maintenant, je vais accompagner ces Capes-Vertes à leurs chambres, ajouta la princesse.

Elle se tourna pour les inviter à entrer dans la Citadelle.

Avant qu'ils ne puissent la suivre, Brunhild leva une main pour les arrêter.

– Un instant, Votre Altesse. Peut-être avez-vous oublié les règles du lieu.

Sa bouche se tordit en un affreux sourire sans joie.

– Les Capes-Vertes ne sont pas autorisés à emmener leur animal totem à l'intérieur.

– Pardon ? demanda Abéké, médusée.

Ils n'allaient tout de même pas laisser leurs compagnons dehors ?

Brunhild croisa ses bras musclés sur sa poitrine. Son serpent, resté caché pendant le combat, rampa sur son épaule où il posa son étroite tête pour regarder les enfants par les fentes rouges qui lui servaient d'yeux.

– Pour être admis au sein de la Citadelle, les Capes-Vertes doivent rappeler leurs animaux totems à leur forme passive.

– Le tien ne l'est pas, commenta Meilin.

– Parce que je suis une fidèle Oathbound, protectrice des leaders de l'Erdas, lâcha Brunhild d'un air suffisant. Vous êtes des Capes-Vertes. On ne peut pas vous faire confiance, vous nous avez attaqués sans aucune provocation.

Quel mensonge éhonté ! Les Oathbound s'étaient jetés sur eux les premiers. Abéké ouvrit la bouche pour protester, mais se tut en voyant Meilin secouer la tête. Elle voulait visiblement s'entretenir en privé avec ses amis.

– Je regrette de le dire, mais elle n'a pas tout à fait tort, murmura-t-elle, alors qu'ils s'étaient réunis.

– Pas du tout ! s'offusqua Rollan, tout bas, mais la voix chargée de colère.

– Bien sûr, Brunhild a menti au sujet de l'attaque. Ce sont eux qui ont commencé. Mais ils ont des raisons de se méfier de nous, affirma Meilin.

Abéké vit Conor se frotter le front, là où la marque du Wyrm n'était plus qu'un fade souvenir.

– D'accord, acquiesça-t-elle. Ils nous craignent à cause des parasites qui ont contraint les Capes-Vertes à obéir au Wyrm.

Meilin hocha la tête.

– Sous la coupe de Zerif, l'armée des Capes-Vertes s'est livrée à de nombreux massacres. Ceux qui ne connaissent pas la vérité peuvent se méprendre.

Elle adressa un regard désolé à Conor, qui refusait de lever les yeux vers elle.

– Je pense que nous allons devoir obéir.

– Ça ne me plaît pas, déclara Rollan sans conviction.

Comme pour se joindre à leur colère, Essix piqua sur eux, avant de remonter dans le ciel nuageux.

– Moi non plus, je n'aime pas ça, confirma Meilin. Mais c'est ainsi, nous n'avons pas le choix.

Lentement, les quatre se séparèrent. Meilin caressa son panda derrière les oreilles. Sans parler, elle tendit son bras. Jamais elle ne lui ordonnerait de prendre sa forme passive, mais elle espérait que Jhi s'exécuterait tout de même. Celle-ci poussa un profond soupir et disparut, remplacée par un tatouage sur la peau de la jeune fille.

— Comme vous le voyez, nous respecterons les règles de la Citadelle, affirma-t-elle à l'intention de la princesse et de ses gardes.

— Vous nous faites un grand honneur, la remercia doucement la princesse Song.

Conor avait déjà rappelé Briggan à sa forme passive. Ne pouvant faire autrement, Abéké passa un doigt sur le museau soyeux de sa panthère. Uraza se volatilisa dans un éclair de lumière.

Les mains sur les hanches, Rollan scrutait le ciel. Sa cape, usée et délavée, tranchait sur celles, neuves, de ses camarades. Elle tapait sur ses jambes dans la brise. Essix volait en cercles, se laissant porter par le vent. Le faucon n'avait pas l'intention de descendre.

— Alors ? demanda Meilin.

— Elle ne viendra pas, assura Rollan, les yeux toujours rivés sur l'oiseau.

Meilin fit une petite grimace avant de se tourner vers Abéké et Conor.

— Entrez et installez-vous, tous les deux. On va attendre qu'Essix se montre plus coopérative.

— Ça risque de prendre un moment, avertit Rollan.

– Heureusement que je suis patiente, alors, répliqua Meilin.

– *Toi*, patiente ? rétorqua Rollan.

Et Abéké entendit le jeune garçon rire de la repartie de son amie.

Abéké suivit la princesse Song et Brunhild à travers l'immense portail de la Citadelle. Conor, qui marchait quelques mètres derrière elle, scrutait les lieux en ouvrant de grands yeux. Les drapeaux des quatre continents claquaient au-dessus d'eux et les dents en fer acérées de la herse semblaient vouloir les croquer. Abéké frissonna. Uraza lui manquait déjà. Elle hâta le pas. La princesse était toute petite, mais elle grimpait vite et avec grâce les escaliers majestueux qui menaient aux doubles portes de la pièce centrale de la Citadelle.

– Tu es Abéké, n'est-ce pas ? l'interrogea la jeune fille en ralentissant pour que la Cape-Verte arrive à sa hauteur.

Comme Abéké acquiesçait, la princesse tourna la tête vers Conor, qui traînait derrière elle.

– J'espère que tu pourras me répondre. J'ai appris

que l'un d'entre vous, Conor, avait été capturé par le Wyrm. Est-ce vrai ?

Abéké jeta un rapide coup d'œil à son ami. Le visage de Conor restait impassible, mais il n'était pas loin, il avait sûrement entendu la princesse.

– Par un des parasites du Wyrm, corrigea-t-elle.

– Je suis désolée de te le demander, mais il a servi notre ennemi, continua la princesse. Es-tu sûre qu'on puisse se fier à lui ?

Abéké haussa le ton pour s'assurer que Conor ne perdrait pas un mot de sa réponse :

– Il a servi le Wyrm contre sa volonté et il s'en est libéré. Il est tout aussi digne de confiance que nous autres.

– Ce qui ne veut rien dire, affirma Brunhild en dévisageant Conor d'un air suspicieux.

Abéké sentit la colère monter en elle, mais elle se domina. Ils s'étaient déjà battus devant le portail, ça suffisait.

Ils entrèrent dans un grand hall où pendaient des rideaux de toiles d'araignées et de poussière. La princesse Song appela un homme vêtu d'une toge marron toute simple.

– Ce domestique escortera Conor à ses appartements dans l'aile euréenne de la Citadelle et je vais
t'emmener dans la partie niloaine, Abéké.

Le serviteur en marron esquissa une révérence
avant d'ouvrir la voie à Conor, qui se dirigea vers lui.

– Attendez ! s'exclama Abéké.

Conor se figea aussitôt, l'interrogeant du regard.

– Est-ce qu'on doit vraiment être séparés ?
demanda-t-elle à la princesse.

– Bien évidemment. Nous avons préparé une
suite pour Rollan dans l'aile de l'Amaya et Meilin
sera installée près de mes appartements, dans l'aile
zhongaise.

Abéké secoua la tête. Conor allait bien pour le
moment, mais elle ne voulait pas le laisser seul.
Avec Briggan dans sa forme passive, il aurait besoin
de ses amis à ses côtés. Et elle aussi.

– Je préfère que nous partagions une chambre,
insista Abéké.

La princesse Song prit un air étonné.

– Tous les quatre ?

Conor revint sur ses pas.

– Oui, ce serait mieux, confirma-t-il.

Derrière la princesse Song, Brunhild intervint.

– Je connais une pièce qui leur conviendrait parfaitement à tous les quatre, Votre Altesse, affirma-t-elle doucement.

Elle partit vers un autre couloir. Abéké, la princesse et Conor lui emboîtèrent le pas.

– Même si c'est dans un cachot que je les verrais le mieux, tous ces Capes-Vertes, ajouta-t-elle pour elle-même.

Abéké s'immobilisa brusquement. Conor la percuta, mais elle ne tomba pas. La garde et la princesse pivotèrent vers elle.

– Je ne suis pas de celles qui lancent des menaces à la légère, déclara Abéké calmement.

Elle sentait la chaleur de Conor à ses côtés. Sa présence lui donna le courage de continuer.

– Alors, écoutez-moi bien, Oathbound. On ne nous appelle pas les héros de l'Erdas parce que nous sommes restés dans l'ombre au lieu d'affronter le Dévoreur et le Wyrm. Nous nous sommes battus et nous avons beaucoup perdu. Certains d'entre nous ont souffert comme vous ne pouvez même pas l'imaginer. Je ne vous laisserai pas impunément dire du mal de Conor ou des Capes-Vertes. Vous comprenez?

La grande Oathbound pâlit et recula légèrement. Sa vipère ne se montra pas.

– Oui, bredouilla-t-elle. J'ai compris.

À côté d'elle, la princesse Song leva un sourcil joliment épilé.

– Manifestement, Abéké, vous êtes aussi féroce que votre panthère.

Elle décocha un regard noir à la garde.

– Ce sont d'honorables Capes-Vertes, Brunhild. Traitez-les avec le respect qu'ils méritent!

– Oui Votre Altesse, acquiesça Brunhild en faisant une large courbette.

La princesse Song adressa à ses invités un sourire pour excuser sa garde.

– Je vous demande pardon, jeunes héros. Les Oathbound veulent bien faire. Le monde a connu tant de ravages et de destructions... Et après avoir attendu si longtemps dans l'ombre, ils sont impatients d'agir.

– Je comprends, affirma Abéké.

D'un côté Meilin avait raison, les Capes-Vertes avaient perdu leur prestigieuse réputation, et l'attitude des Oathbound pouvait donc se justifier. D'un autre côté, ces gardes ne lui inspiraient aucune confiance. Ils étaient peut-être de dévoués serviteurs, mais ils pouvaient se montrer dangereux. Et Brunhild la Joyeuse portait mal son surnom. La Sinistre lui aurait mieux convenu.

Un message

Au tout début, lorsqu'il s'était engagé auprès des Capes-Vertes, Conor avait fait des rêves intenses et prophétiques. Au cours de leur première mission, l'un d'eux avait été si net qu'il l'avait cru réel : il y avait vu Arax le bélier et le trajet qui menait à lui.

Plus tard, ses visions avaient guidé les Capes-Vertes au Stetriol pour le dernier combat

contre Gérathon et les Conquérants, et la victoire finale.

Désormais, chaque fois qu'il fermait les yeux, il ne voyait plus que des tentacules noirs qui le jetaient dans une mer de vase gluante. Il luttait contre ces excroissances puissantes, mais elles l'agrippaient avec force, l'entraînant vers quatre yeux rouges qui s'allumaient dans le noir et le transperçaient de leur regard malveillant. Une immense bouche s'ouvrait alors sur des rangées de crocs triangulaires d'où dégoulinait un liquide acide et corrosif.

Le Wyrm !

Son hurlement grinçant emplissait son crâne. La spirale sur son front amplifiait le son jusqu'à ce qu'il se répande partout. Il ne restait plus aucun Cape-Verte, plus d'espoir ni de lumière, plus d'amis, plus de Conor. Il était le Wyrm et le Wyrm était Conor. Point final.

Le Wyrm ouvrait sa gueule plus grande encore. Les tentacules qui emprisonnaient Conor l'en approchaient.

Non ! hurla-t-il dans son cauchemar, tout en se débattant.

– Non !

Soudain, il sentit une main sur son bras et il
s'efforça de remonter à la surface de la substance
noire et visqueuse. Il ouvrit les yeux et vit sur lui un
regard doux et inquiet.

Abéké. C'était Abéké.

Il prit une inspiration haletante qui ressemblait
à un sanglot.

– Tout va bien, dit-elle posément, à genoux, penchée sur son ami.

Il se rappela où ils étaient. Dans une minuscule
chambre, avec un lit branlant, des murs en pierre
nus, une fente étroite en guise de fenêtre et une
épaisse couche de poussière qui recouvrait tout.
Au loin, il entendit un martèlement régulier : on
réparait la Citadelle après des années d'abandon.
Malgré le bruit, Conor, épuisé par le voyage depuis
Havre-Vert, s'était assis pour un instant seulement...

Il déglutit. Sa gorge était sèche et irritée comme
s'il avait crié.

C'était peut-être le cas...

– J'ai dû m'assoupir, lâcha-t-il d'une voix rauque.

Lentement, il se redressa, s'appuyant contre le mur de pierre, froid et humide. Un petit nuage de poussière tourbillonnait dans la faible lumière qui filtrait par la meurtrière.

Abéké vint s'asseoir à côté de lui.

– Un autre cauchemar?

Conor hocha la tête.

– Le Wyrm?

– Oui, avoua-t-il.

Il se frotta le front pour en soulager la douleur.

Lui prenant la main, Abéké retroussa sa manche pour révéler le tatouage noir de Briggan. Elle plaça son bras à côté du sien, la marque de la panthère s'affichant sur sa peau foncée et chaude.

– Nous avons tous les deux souffert, affirma-t-elle. Le Wyrm m'a coupé d'Uraza et toi, il t'a volé à toi-même.

Elle passa une main sur le dessin comme si elle caressait sa panthère.

– Mais nous avons résisté. Nous avons survécu. Et nous continuons à vaincre le Wyrm chaque jour qui passe.

Conor examina les tatouages de Briggan et Uraza. Les voir réunis le réconforta, malgré l'absence de son loup à ses côtés. Il pensa à ce que devait ressentir Abéké. Son lien avec Uraza avait été brisé. Et...

– Tu penses encore à lui ? demanda-t-il.

– À Shane ? interrogea Abéké.

Conor hocha la tête et elle continua :

– Oui. Je ne suis pas sûre de pouvoir définir mes sentiments pour lui. C'est compliqué. Il m'a trahie... plus d'une fois. Je l'ai combattu en duel, et je n'ai jamais été plus furieuse contre personne. Mais il est mort en me sauvant la vie quand Zerif a lancé Uraza contre moi.

Elle secoua la tête tristement.

– Shane a été mon premier ami.

Elle s'approcha de Conor et le regarda dans les yeux. Il lut sur son visage la sagesse et l'espoir.

– Mais toi tu es mon ami le plus fidèle et le plus sincère.

Conor ne sut comment réagir. Après avoir été infecté par le parasite du Wyrm, méritait-il une telle amie ? La porte qui s'ouvrit à cet instant le dispensa de répondre. Meilin et Rollan firent irruption dans la chambre.

Ils s'arrêtèrent net, stupéfaits.

– C'est *là* qu'ils nous ont installés ? s'exclama Rollan, incrédule. Dans un placard ?

Meilin passa un doigt sur le rebord de l'étroite fenêtre.

– Ils ont oublié de faire le ménage, commenta-t-elle. Les draps sont propres ? demanda-t-elle, les yeux posés sur le lit.

– Sans doute pas, répondit Abéké en se levant.

Le lit émit un craquement menaçant.

– Vous étiez où pendant tout ce temps ?

– On attendait Essix, lança Rollan, se tapotant le torse pour expliquer que le faucon avait fini par adopter sa forme passive.

Il s'appuya contre le mur, éreinté, et glissa jusqu'au sol.

– Et on a passé un moment à se faire épier par les Oathbound. On a aussi fait un petit combat pour s'entraîner. Elle m'a battu à plate couture, dit-il en faisant un signe de tête vers Meilin.

– Comme toujours, se vanta la jeune fille.

– Je voulais qu'elle m'apprenne à lancer son épée dans les airs comme elle l'a fait tout à l'heure face aux gardes. Vous avez vu ça ?

Abéké et Conor hochèrent la tête.

– Vraiment sensationnel !

– Voilà. Ben moi, quand j'ai essayé, j'ai failli me faire couper la main.

Le sourire supérieur de Meilin se transforma en froncement de sourcils quand elle inspecta la chambre, les mains sur les hanches.

– Vous savez, j'ai l'impression que cet endroit pourrait être un message pour nous.

Elle ferma la porte et s'accroupit. Les autres s'approchèrent pour entendre ce qu'elle avait à leur dire.

– Il se passe quelque chose de très étrange ici, reprit-elle dans un murmure. Les quatre leaders de l'Erdas vont se réunir, et il semble que les Capes-Vertes soient à peine tolérés. Sans parler de nos animaux totems qu'ils n'aiment *vraiment* pas.

Conor acquiesça. Il était du même avis.

– Brunhild, qui n'a rien de joyeux, il faut bien le dire, ne nous a pas facilité la tâche, confirma Abéké.

— C'est vrai que les Capes-Vertes ont une histoire compliquée, rappela Meilin. Mais ce n'est pas une raison.

— Peut-être qu'on s'est un peu trop habitués à être considérés comme des héros, commenta tout bas Conor.

Meilin le dévisagea un moment, compatissante.

— Peut-être, concéda-t-elle. Mais je me demande tout de même : s'ils nous détestent tant et ne pensent pas que nous soyons des héros, pourquoi nous ont-ils tout de même invités dans la Citadelle avec les autres Capes-Vertes ? Qu'est-ce qui se trame vraiment ici ?

L'empereur

Avant que les autres ne soient réveillés, Meilin sortit de leur minuscule chambre, qui se trouvait tout en haut d'une tour délabrée, dans l'aile euréenne de la Citadelle. Alors qu'elle descendait l'escalier en colimaçon, elle s'étira pour détendre son dos. Elle avait demandé d'autres lits aux domestiques, mais on ne leur avait donné que de fins matelas qu'ils avaient dû poser à même le sol

en pierre. Meilin préférait ne pas être toute courbatue pour ce qu'ils risquaient d'affronter ici.

Quelques serviteurs, dans leurs toges marron, la toisèrent alors qu'elle traversait le hall d'entrée pour rejoindre la partie zhongaise de la Citadelle. À la porte, elle fut arrêtée par un garde Oathbound qui la scruta avec suspicion. En fille de général, Meilin avait reçu une formation complète de guerrière. Elle savait donner des ordres implacables. Elle adressa à l'homme un regard autoritaire qui lui fit baisser la tête et ouvrir la porte. Elle voulait parler à Song. La princesse impériale avait aidé les quatre enfants au portail. Si Meilin avait raison et qu'il se passait vraiment quelque chose d'étrange, elle pourrait se révéler une précieuse alliée.

Après avoir abandonné le couloir poussiéreux et franchi le seuil de l'aile zhongaise, elle s'immobilisa un instant. Les yeux fermés, elle prit une profonde inspiration. L'air sentait bon le thé, le jasmin et le riz bouilli. Ces parfums lui causèrent un violent mal du pays et une vague de tristesse. Elle repensa à son père, tué au combat lors de la seconde guerre contre le Dévoreur.

Rollan et elle étaient en route pour Jano Rion, la ville où elle avait grandi, quand ils avaient reçu la convocation d'Olvan. Ils y retourneraient sûrement bientôt. Peut-être qu'Abéké et Conor viendraient aussi.

Meilin ouvrit les paupières et avança. Les serviteurs zhongais avaient dû travailler d'arrache-pied ici, parce que l'endroit était rutilant, avec une moquette immaculée sur le sol en pierre. Un domestique se pressa au-devant d'elle pour lui ouvrir une porte en bois sculptée avec des dragons d'eau zhongais. Elle pénétra dans une large pièce baignée de lumière aux tapisseries brodées. Le mobilier en bois noir laqué était couvert de soie incrustée de diamants et de coussins moelleux richement décorés. Assise devant une table basse, la princesse Song se faisait coiffer par une domestique qui glissait une dernière épingle dans sa chevelure noire brillante.

– Meilin ! s'exclama-t-elle en se levant d'un bond.

Le visage impassible, Meilin fit la révérence.

– Votre Altesse.

– Apportez-nous du thé, immédiatement, ordonna la princesse à sa servante.

Embarrassée, Meilin entendit son estomac gargouiller bruyamment. Elle n'avait pas encore pris son petit déjeuner.

– Et des petits pains aux épices, ajouta doucement la princesse. Et des fruits.

Elle s'assit de nouveau.

– Prends place à côté de moi, je t'en prie.

Meilin obéit, et se sentit particulièrement mal à l'aise quand le fourreau de son épée cogna la table. La princesse était si petite, si belle et si délicate dans sa magnifique robe brodée. Elle ne portait pas de vert, cette fois-ci, mais du mauve et du bleu foncé.

– Nous nous sommes déjà rencontrées, n'est-ce pas ? demanda-t-elle.

– Oui, Votre Altesse, répondit Meilin, étonnée qu'elle s'en souvienne. Une fois, brièvement, il y a fort longtemps.

Son père était venu faire son rapport à l'empereur et il avait emmené Meilin, alors âgée de six ans, pour lui montrer le vaste palais. Avec ses quelques années de plus, Song lui avait paru plus belle qu'une poupée peinte. Les deux fillettes avaient joué poliment avec les jouets de la princesse, ses petites

maisons parfaites et ses minuscules figurines tout aussi ravissantes. Récemment, alors qu'avec ses amis, elle avait exploré le village artificiellement préservé de Samis à la recherche de Suka, l'ourse polaire, Meilin s'était souvenue de leur jeu.

— Je t'admire depuis longtemps, affirma la princesse Song tout bas.

Meilin cacha sa surprise, faisant appel à ses bonnes manières. La leçon la plus importante qu'on lui avait enseignée était qu'il ne fallait rien laisser transparaître de ses émotions. Calme et contrôle de soi représentaient les maîtres mots. Elle leva ses sourcils.

— Vraiment? demanda-t-elle, prudemment.

— Oui.

Song se tut le temps que la domestique pose le plateau sur la table et quitte la pièce.

— Tu es une guerrière forte et courageuse. Je sais comme il est difficile pour une Zhongaise d'apprendre les arts martiaux.

Elle se pencha sur la table pour toucher le bord de la cape de Meilin.

— Et de devenir une vraie combattante comme toi. Une Cape-Verte. Je dois bien admettre que je t'envie.

Meilin ressentit une vague de compassion pour son hôtesse. En tant que fille d'empereur, Song devait supporter toutes les contraintes liées à son rang et se montrer discrète et obéissante.

— Nous ne sommes pas seulement des combattants, affirma Meilin après avoir avalé une bouchée de pain. Et nous n'avons pas vécu que des aventures excitantes.

— Mais tu as des amis fidèles à tes côtés.

Meilin but une gorgée de thé vert. La princesse souffrait de solitude.

— Si vous voulez apprendre à vous battre, je peux être votre instructrice pendant notre séjour ici, proposa la jeune Cape-Verte.

La princesse s'empourpra.

— Je ne pense pas... que cela me soit autorisé.

Des pas retentirent dans le couloir.

— Mais je te remercie, ajouta-t-elle rapidement avant de se lever. C'est sûrement l'heure de la réunion.

S'emparant d'un petit pain pour chacun de ses camarades, Meilin se leva à son tour, au moment où la porte s'ouvrait. Deux gardes en noir entrèrent dans la pièce, suivis par un imposant personnage qui devait être l'empereur.

Il jeta un regard à sa fille et hocha la tête. Ses yeux se posèrent ensuite sur Meilin. Il fronça les sourcils.

– Une Cape-Verte... ici ? demanda-t-il d'une voix grave.

Meilin s'inclina maladroitement et un des petits pains qu'elle tenait tomba de ses mains pour rouler sur le tapis jusqu'aux pieds de l'empereur.

Il ne s'y intéressa pas.

– Tu es zhongaise ? demanda-t-il.

Meilin sentit ses joues devenir écarlates.

– Oui, Votre Majesté. Je suis Meilin, la fille du général Teng, mort au combat pour le Zhong durant la seconde guerre contre le Dévoreur.

Le visage de l'empereur s'éclaira légèrement.

– Ton animal totem est Jhi, le grand panda.

– Oui, Votre Majesté, confirma Meilin.

Elle ne lâchait pas des yeux le petit pain sur la moquette. Si l'empereur faisait un pas, il l'écraserait.

– Les enfants du Zhong qui ont invoqué des animaux totems ne devraient pas grossir les rangs des Capes-Vertes, déclara-t-il, sentencieux. Surtout si leur animal totem est l'incarnation même de notre histoire. Leur place est dans le Zhong.

Sur ces mots, il fit demi-tour et quitta la pièce, ses Oathbound sur les talons.

– *Leur place est dans le Zhong ?* répéta Meilin.

Elle regretta que Rollan ne soit pas avec elle. Il aurait su quoi répliquer à l'empereur.

– Dépêchez-vous, Votre Altesse, pressa un des gardes.

Avec un brusque hochement de tête à l'intention de Meilin, la princesse Song se précipita vers le couloir, derrière le cortège.

Meilin en profita alors pour ramasser le petit pain qu'elle avait lâché.

Devant la salle de réunion, elle retrouva Abéké, Conor et Rollan qui l'attendaient. Rapidement, elle leur distribua leur petit déjeuner.

Rollan mordit dans le petit pain et lui adressa un regard méfiant.

– Ça crisse sous la dent, commenta-t-il en mastiquant.

Meilin tenta de réprimer un sourire, se doutant qu'il avait écopé du petit pain tombé par terre.

– Quoi ? demanda-t-il.

– Rien, répondit-elle avec un clin d'œil innocent.

– Pourquoi tu fais cette tête, alors ? J'ai quelque chose sur le visage ? interrogea-t-il en se frottant la joue.

D'une certaine façon, il avait raison. Meilin n'avait pas l'habitude de lui voir cette nouvelle cicatrice sous l'œil gauche. Une blessure qu'il avait subie durant le combat final contre le Wyrm. Il ne restait qu'une fine trace rose pâle qui rappelait ce qu'il avait traversé.

Conor avait l'air fatigué. Ses cicatrices à lui n'étaient pas comme celles de Rollan, elles étaient invisibles, mais bien plus profondes. Elles mettraient du temps à s'estomper. Meilin espérait qu'il commençait à s'en remettre.

Rollan lui agrippa le bras et, quand elle leva la tête, elle aperçut Olvan, leur leader, accompagné de

Lenori. Ils étaient suivis de tout un contingent de Capes-Vertes. Meilin en reconnut quelques-uns.

D'autres personnes commençaient à se réunir. Beaucoup examinèrent les Capes-Vertes et échangèrent des commentaires. Meilin vit un vieillard à l'allure fière, dans un costume niloais, au milieu d'une troupe d'Oathbound. Ce devait être le Haut Dignitaire du Nilo. Venait ensuite la première ministre de l'Amaya et ses conseillers. Meilin lui trouva un visage de pruneau, ridé et sec.

Enfin, la reine de l'Eura arriva. La jeune femme arborait une robe en dentelle et velours, parée d'un col en fourrure. Alors qu'elle pénétrait dans la salle de réunion, la reine trébucha sur le bord de sa longue robe et s'écroula à terre. Elle poussa un cri et trois courtisans accoururent à ses côtés pour la relever.

Olvan salua les jeunes Capes-Vertes d'un hochement de tête. Il avait été contaminé par le Wyrm, lui aussi, mais ne semblait pas aussi marqué et torturé que Conor. Peut-être qu'il le cachait mieux. Lenori semblait bizarre, privée du magnifique ibis aux

plumes arc-en-ciel que l'on voyait toujours sur son épaule. Elle leur sourit à tous les quatre.

Olvan observa les gens qui déferlaient dans la pièce.

– On devrait entrer, nous aussi.

Il approcha Meilin et Conor de lui afin de leur parler sans être entendu.

– Nous pensions que cette réunion serait une formalité, mais il semble que de sérieuses propositions soient débattues aujourd'hui. Des propositions concernant l'avenir des Capes-Vertes.

Rollan fronça les sourcils.

– Ils ne voudraient pas plutôt nous laisser tranquilles ?

Bonne question, se dit Meilin.

– Ils n'ont aucune autorité sur nous, n'est-ce pas ? demanda-t-elle.

– Ce sont les leaders des quatre gouvernements principaux de l'Erdas, rappela Lenori.

– Et du Stetriol, ajouta Conor en montrant la dernière dirigeante qui entrait dans la salle, une jeune femme en bleu et noir.

L'ambassadrice du Conseil du Stetriol portait une broche en S sur sa veste.

— En effet, confirma Olvan. Depuis que Zerif nous a utilisés pour répandre les parasites du Wyrm dans l'Erdas, des changements importants ont affecté le monde. Ces leaders sont très puissants et nous devons collaborer avec eux. Soyez prudents lors de cette réunion.

Il posa un regard sévère sur Rollan.

— Ne dis rien.

— Je n'allais rien dire de toute façon, grommela le jeune garçon.

— Je te crois, ironisa Abéké tout bas.

Les quatre enfants suivirent Olvan, Lenori et les autres Capes-Vertes à l'intérieur.

L'immense salle résonnait à chaque bruit. Six murs en pierre entouraient la table au centre et des banderoles représentant chacune une région pendaient du haut plafond ; les mêmes drapeaux qu'à l'extérieur étaient accrochés à cinq des six murs. Meilin se dit que l'absence du drapeau des Capes-Vertes devenait encore plus significative ici, sur le mur laissé vierge.

En plus de l'entrée principale, il y avait une porte dans chaque mur. En hauteur, des fenêtres ouvraient sur la grisaille du jour. Une immense table hexagonale en bois occupait le centre de la pièce. Étaient déjà installés le Haut Dignitaire du Nilo, la reine de l'Eura, l'ambassadrice du Stetriol, et la première ministre de l'Amaya. Sur un cinquième côté, l'empereur du Zhong était assis avec sa fille debout à côté de lui. Des gardes Oathbound se postaient derrière chaque leader.

Manifestement, le sixième côté de la table était réservé aux Capes-Vertes. Aucune chaise n'y avait été installée.

Depuis le début, Meilin avait un mauvais pressentiment. À présent, son impression empirait encore. Ils devaient rester debout, comme si les leaders de l'Erdas leur intentaient un procès et les jugeaient. Elle vit Olvan et Lenori hésiter un instant avant de se diriger vers leur place, la tête droite. Meilin, Conor, Rollan et Abéké se tenaient juste derrière eux en compagnie des autres Capes-Vertes.

– Pour commencer, je tiens à vous souhaiter la bienvenue, déclara le plus âgé de tous, le Haut

Dignitaire niloais. Ceci marque la première réunion des leaders de l'Erdas après bien des années. Espérons que nous verrons le début d'une nouvelle ère de paix et de prospérité.

Un conseiller se pencha pour lui chuchoter quelques mots à l'oreille. Le Haut Dignitaire grimaça avant de continuer :

– Les quatre grands continents sont représentés ici... ainsi que le Stetriol, bien sûr.

Son air méprisant trahissait ce qu'il pensait de cette île qui avait si longtemps été l'ennemie.

– Nous avons de nombreuses questions à traiter. Le premier point...

Il scruta la pièce de ses yeux noirs.

– Que faire du problème des Capes-Vertes ?

– Un problème ? s'offusqua la première ministre amayanne. C'est bien plus qu'un simple problème.

Elle ressemble vraiment à un pruneau, songea Meilin. La ministre pinçait la bouche, au comble de l'indignation, et son nez se plissait comme si elle sentait une mauvaise odeur.

– Si elle n'y prend pas garde, au moindre coup

de vent, son visage restera définitivement déformé, murmura Rollan à Meilin.

Meilin réprima un éclat de rire.

– *Rollan*, le gronda-t-elle.

Ils devaient se comporter de façon irréprochable.

– L'empereur du Zhong m'a demandé d'être le premier à prendre la parole, rappela le Haut Dignitaire.

L'empereur confirma d'un hochement de tête, ses lèvres dessinant une ligne sévère.

– La seconde guerre du Dévoreur a forcé les leaders de l'Erdas à se tapir dans l'ombre, protégés par les Oathbound. Au moment où nous nous préparions à ressortir à la lumière pour commencer la reconstruction, une nouvelle attaque a ébranlé le monde. Nous avons eu vent de terribles violences. Et cette fois, qui était responsable des massacres ?

Il tendit une main vers Olvan.

– Les Capes-Vertes.

À côté de Meilin, Rollan se crispa comme s'il était sur le point de protester. Elle lui donna un petit coup de coude. Quand il la regarda, elle secoua la tête. Il baissa légèrement les yeux.

Meilin savait qu'il n'aimait pas la tournure de cette réunion. Elle non plus. Pourtant, elle avait le sentiment que parler maintenant ne ferait qu'aggraver la situation.

L'empereur continua, sa voix grave emplissant la salle.

– Le chef des Capes-Vertes a été infecté par le Wyrm, qui a fait de lui sa marionnette pour semer la destruction. N'appartenant à aucune nation, mais ayant un accès inégalé à toutes, les Capes-Vertes ont pu perpétrer des massacres à une vitesse fulgurante. Il est clair pour tout le monde ici qu'ils sont devenus trop puissants et bien trop dangereux.

– Tout à fait vrai ! renchérit la première ministre de l'Amaya sur un ton tranchant. On ne peut pas leur faire confiance.

L'ambassadrice du Stetriol avait une voix douce, mais elle parvint tout de même à se faire entendre.

– En tant que représentante du Stetriol, commença-t-elle tandis que les autres se taisaient pour l'écouter, j'ai de bonnes raisons de détester les Capes-Vertes. Ils nous ont trop longtemps refusé le Nectar qui aurait pu empêcher le lien maléfique. Et pourtant...

Sereine, elle prit le temps de balayer la salle d'un regard assuré.

— Et pourtant, nous considérons les Capes-Vertes comme nos alliés. Avec leur aide, le Stetriol occupe enfin la place qui lui revient dans le monde. Il n'est plus un paria, en marge des grandes nations. Nous estimons les Capes-Vertes. Pour nous, ils ne constituent pas un problème, mais une solution.

Meilin aurait voulu sauter de joie.

Les autres leaders, en revanche, et même la reine de l'Eura, ressemblaient de plus en plus à la première ministre : ils grimaçaient ouvertement pour exprimer leur désaccord.

Le Haut Dignitaire du Nilo hochait la tête.

— Concernant le si précieux Nectar, nous savons tous que les Capes-Vertes ont jalousement gardé le secret de sa création. Eux seuls pouvaient l'administrer. Mais désormais, la cérémonie du Nectar n'existe plus. Le Nectar de Ninani n'est plus nécessaire, les Capes-Vertes non plus.

— Exactement ! confirma l'empereur en tapant du poing sur la table, attirant l'attention de tous.

Je propose donc que l'ordre des Capes-Vertes soit dissous.

Meilin n'en croyait pas ses oreilles. Des murmures et des hochements de tête agitèrent les participants. Seule l'ambassadrice du Stetriol affichait une mine réprobatrice.

L'empereur enchaîna, intransigeant :

– Chaque Marqué doit retourner dans sa nation pour servir au mieux son souverain.

Voilà pourquoi il avait parlé de la place de Meilin dans le Zhong. Meilin serra les dents. Elle lut la même révolte sur le visage d'Abéké. À côté d'elle, Conor avait blêmi. Dissoudre les Capes-Vertes ? C'était de la folie. Totalement déraisonnable.

Mais on leur avait ordonné de se taire. Olvan était leur chef. Il parlerait pour eux.

Malheureusement, Meilin constata qu'il avait perdu son port de tête fier et confiant. Il avait les yeux rivés sur le plancher, et semblait incapable de formuler une réponse. Lenori également semblait désorientée. Plusieurs Capes-Vertes étaient en effet tombés sous le joug du Wyrm, mais ils l'avaient

servi malgré eux. *Et* ils l'avaient vaincu. Voilà ce qu'Olvan devait rétorquer aux leaders de l'Erdas.

Ce fut la princesse Song qui intervint. Debout à côté de la chaise de son père, elle avait l'air d'une enfant fragile. Cependant, quand elle commença à parler, sa voix n'avait rien des notes charmantes qu'on se serait attendu à entendre chez une jeune Zhongaise bien élevée. Elle avait l'aplomb d'une vraie meneuse d'hommes.

– Je ne suis pas du même avis que mon père, affirma-t-elle fermement.

Tous les autres leaders s'interrompirent pour la contempler. Le visage de l'empereur se figea comme du marbre. Il croisa les bras comme pour contredire sa fille.

La princesse continua courageusement :

– Avez-vous oublié que les Capes-Vertes ont sauvé le monde ?

– Deux fois, murmura Rollan à l'oreille de Meilin.

– Sans les Capes-Vertes, le Dévoreur et ses Conquérants vous auraient tous détruits, déclara Song. Nous leur devons nos vies. Nous leur devons une place privilégiée dans ce monde en pleine reconstruction !

Ses mots résonnèrent dans la pièce, puis ce fut le silence.

L'empereur poussa alors son siège pour se lever, les traits déformés par la colère. Déterminé, il se planta devant la princesse Song, la cachant au reste des participants.

– Ma fille parle sans ma permission, lâcha-t-il, cassant. Les paroles d'une enfant désobéissante n'ont aucun poids. Ne l'écoutez pas !

– Nous ne pouvons pas dissoudre les Capes-Vertes ! insista Song dans le dos de son père.

Fulminant, l'empereur fit volte-face pour la regarder.

Meilin vit que la jeune fille retenait sa respiration.

Mais avant que l'empereur puisse la gronder, les six portes de la salle de réunion s'ouvrirent grand au même instant. Leur claquement se réverbéra sur les murs en pierre.

Dans chaque embrasure se dressait un homme ou une femme, tous habillés d'une cape verte.

Ils sont venus en renfort, se dit Meilin, soulagée. *Ils décriront aux leaders de l'Erdas les actions héroïques des Capes-Vertes pendant les guerres.*

L'un après l'autre, les Capes-Vertes sortirent leurs animaux totems de leur forme passive. Une hyène apparut au pied du premier, les yeux furibonds et la bave aux lèvres. Une chauve-souris volait au-dessus de la tête du deuxième. Se matérialisèrent également un rapace, une sorte de chat sauvage et un rat blanc aux yeux roses étincelants.

Dans le même mouvement, les Capes-Vertes dégainèrent leurs épées.

Non, mais... ils n'allaient tout de même pas... ?

Avant que Meilin ne puisse pousser un cri d'avertissement, les Capes-Vertes et leurs animaux totems se lancèrent à l'assaut.

Des hurlements retentirent, et la salle plongea dans le chaos.

Trahison

— Qu'est-ce qu'ils font ? s'écria Abéké, alors que les assaillants se ruaient dans la pièce.

Rollan se tourna vers elle. Il paraissait horrifié.

– On dirait qu'ils..., commença-t-il. Ce sont des Capes-Vertes, non ?

Il suivit des yeux une des silhouettes en cape verte. Son agile jaguarundi, une espèce de chat sauvage de l'Amaya, bondit sur l'ambassadrice du Stetriol en grognant. Elle poussa un hurlement suraigu. Les leaders criaient aux Oathbound de les protéger. Un autre Cape-Verte attaqua, son épée en avant. Du sang gicla de la poitrine d'un des courtisans de la reine.

– Qui sont-ils ? demanda Conor en s'emparant de sa hache.

– On ne peut pas les combattre, déclara Rollan. Ce sont des Capes-Vertes.

Assis à la table, Olvan avait invoqué son animal totem. Le puissant orignal baissa ses bois et propulsa dans les airs le rat blanc.

– Rappelez vos animaux ! ordonna-t-il. Défendez les leaders !

Meilin fut la première à réagir. Arrachant son épée de son fourreau, elle plongea sur la table et glissa sur sa surface juste à temps pour arrêter le jaguarundi qui fonçait vers la princesse Song.

Sans ménagement, Meilin attrapa la jeune fille et l'entraîna sous la table.

– Restez ici ! cria-t-elle en se mettant en position de défense.

Les intrus devraient d'abord en découdre avec elle. Aussitôt, Jhi apparut à ses côtés.

Conor avait déjà sorti Briggan de son état passif. Le loup sauta pour intercepter la hyène dans un bond. On entendit un craquement d'os quand ils retombèrent à terre, leurs crocs s'entrechoquant.

Tout près de Rollan, Abéké avait pris son arc et visait soigneusement un des animaux totems, la grosse chauve-souris aux ailes parcheminées qui tentait d'arracher les yeux des gardes.

– Laisse Essix se charger d'elle ! cria Rollan en appelant son faucon.

Essix fusa sur l'animal et Abéké chercha une autre cible. Uraza rugit alors, en apparaissant dans la salle.

Tout avait sombré dans le chaos absolu. Des gens ensanglantés couraient dans tous les sens. Rollan aperçut Meilin, et fut soulagé de la voir debout, toujours devant la princesse. Agitant sa longue épée, il libéra l'espace autour d'Abéké pour qu'elle puisse tirer une flèche sans crainte d'être attaquée.

Il bloqua l'assaut d'un Cape-Verte et donna un violent coup de pied au rat qui s'était jeté sur lui.

Les combats se calmèrent soudain. Le silence se fit dans la salle alors qu'assaillants et défenseurs reprenaient leur souffle et programmaient leurs prochaines actions. L'empereur du Zhong en profita pour monter sur la table hexagonale.

– Traîtres ! tonna-t-il en montrant les envahisseurs. Les Capes-Vertes viennent de prouver qui ils sont vraiment. *Des traîtres !*

Comme pour lui répondre, un grondement retentit à l'autre bout de la pièce. La puissante hyène qui saignait de la plaie infligée par Briggan dépassa Meilin et Olvan. Elle fondit sur l'empereur et lui enfonça ses crocs dans la gorge.

Tous les combattants se figèrent pour contempler avec horreur le pauvre homme qui s'effondra en sang sur la table. Rollan n'avait rien pu faire. Tout s'était passé trop vite.

La hyène ouvrit sa mâchoire et poussa un grognement de triomphe.

Un sifflement y répondit. Le signal pour les Capes-Vertes et leurs animaux totems de se replier vers la sortie en agressant tous ceux qui osaient leur barrer la route. Une des flèches d'Abéké se

planta dans la porte qui venait de se refermer derrière eux.

La pièce vibrait des plaintes des blessés. Plusieurs personnes criaient.

Rollan s'aperçut que les hurlements venaient des Oathbound. Il ne les avait pas remarqués pendant le combat, mais ils avaient dû défendre les leaders.

Il vit Meilin de l'autre côté de la table, penchée pour aider la princesse à sortir de sa cachette. Elle tenta de cacher à Song la vue de son père, mais la jeune fille avait une volonté de fer. Elle dit quelques mots à Meilin et se libéra de son étreinte.

Prenant sa respiration, la princesse montra du doigt une chaise renversée. La chef des Oathbound, Brunhild la Joyeuse, la ramassa aussitôt.

Brunhild tendit la main à la princesse pour l'aider à monter sur la table.

– Je dois reprendre la parole, lança-t-elle d'une voix forte.

Tous s'interrompirent pour l'écouter. Elle avait les cheveux en bataille, la robe déchirée, une tache rouge sur une joue. À ses pieds, le corps de son père gisait dans une mare de sang qui commençait déjà à s'épaissir. Et pourtant, elle ne tressaillait pas.

– Lors de cette attaque, les Capes-Vertes ont montré leur vraie couleur.

Elle se baissa pour toucher la table et, quand elle se redressa, sa main dégoulinait du sang de son père.

– Leur vraie couleur est le rouge. Le rouge sang. Mon père avait raison, nous venons de voir ce qu'ils sont : des traîtres !

La princesse contempla sa main un instant et finit par perdre le contrôle de ses émotions. Elle tomba à genoux à côté du corps de son père et éclata en sanglots. Le visage baigné de larmes, elle montra du doigt Olvan et Lenori.

– Oathbound, ne laissez pas les autres Capes-Vertes s'échapper, ordonna-t-elle. Arrêtez-les sur-le-champ !

Venin

Conor connaissait assez bien Rollan pour savoir ce qu'il allait faire.

– Pas le temps de discuter, dit-il à son ami.

Briggan s'approcha de lui, la fourrure tachée de sang.

– Mais…, protesta Rollan en attrapant son poignard.

– On ne peut pas les combattre, affirma Conor.

Il rangea sa hache.

De l'autre côté de la table, les Oathbound se regroupaient. Brunhild indiqua d'un geste les Capes-Vertes. Les gardes traversèrent la pièce, leurs épées dégainées, tandis que leur maîtresse, derrière eux, appelait sa vipère pierre.

– Arrête, lança Conor en attrapant la main d'Abéké pour lui interdire de sortir la dernière flèche de son carquois. Ça ne ferait que confirmer ce que la princesse vient de dire. Il faut qu'on sorte d'ici !

Le cercle des gardes en armures noires se refermait sur eux ; ils plaquèrent au sol les Capes-Vertes. L'ibis coloré de Lenori se percha sur son épaule et déploya ses ailes pour repousser les Oathbound. Lenori, qui ne supportait pas la violence, tentait d'expliquer aux hommes qu'ils n'avaient pas participé à l'assaut.

– Arrêtez les Capes-Vertes ! rugit Brunhild.

Alors que la princesse donnait des ordres avec sévérité, Olvan rappela son orignal à sa forme passive et rassembla Conor, Abéké et Rollan. Meilin se trouvait toujours de l'autre côté de la table.

– Ne vous laissez pas prendre ! cria leur leader en se dirigeant vers la porte. Venez !

– Meilin ! appela Rollan en montrant la sortie.

Conor la vit hocher la tête et ranger son épée. Jhi, immense et implacable, s'interposa entre elle et deux gardes qui accouraient, pour lui donner le temps de s'enfuir.

Quand ils atteignirent la porte, Meilin rappela son panda à sa forme passive. Olvan les rejoignit dans le couloir, abandonnant Lenori et les autres Capes-Vertes à l'intérieur pour qu'ils retardent leurs poursuivants. Il faillit coincer les plumes d'Essix en claquant la porte.

– Allons vers ma chambre, dans l'aile de l'Eura, ordonna-t-il. Dépêchez-vous !

Invoquant de nouveau son orignal, il le laissa garder la porte, tandis qu'il se précipitait avec les autres vers la partie euréenne de la Citadelle. Alors qu'ils s'élançaient dans les couloirs, Conor entendit l'orignal meugler et frapper le sol de ses sabots.

À bout de souffle, ils arrivèrent aux appartements d'Olvan, décorés dans un style que Conor connaissait bien. On se serait cru chez Devin Trunswick, dans l'Eura.

Quand ils furent tous à l'intérieur, Olvan se dépêcha de verrouiller la porte avant de se tourner vers les enfants.

Briggan s'allongea à côté de Conor, la langue pendante. Essix n'était pas avec eux, mais Rollan ne semblait pas inquiet. Le faucon devait être en sécurité. Silhouette élancée or et noir, Uraza arpentait la pièce en reniflant les lourds meubles en bois.

Conor remarqua que Meilin était particulièrement pâle. Rollan s'approcha d'elle afin que leurs bras se touchent. Elle déglutit et serra la mâchoire comme si elle retenait ses larmes. Il se souvint alors qu'elle avait vu son propre père tomber sur le champ de bataille. La mort de l'empereur lui avait peut-être fait revivre ce moment traumatisant.

– Tous ces Capes-Vertes étaient de nouvelles recrues, affirma Olvan en marchant vers un coffre sculpté.

Posé sous une fenêtre, il était constitué de minuscules carreaux en forme de diamants.

– Ce n'étaient pas des Capes-Vertes, s'insurgea Rollan, furieux. C'étaient des imposteurs ! Des Capes-Fausses !

Meilin hocha la tête.

– Ils se sont fait passer pour des Capes-Vertes pour nous donner le mauvais rôle ! renchérit-elle.

Abéké resserrait la corde de son arc.

– Mais qui sont-ils ? demanda-t-elle en levant les yeux. Qui les a envoyés ? Qui déteste autant les Capes-Vertes ?

– L'empereur, répondit Rollan. Qui est mort.

– Assez parlé ! gronda Olvan en ouvrant le coffre sous la fenêtre. Les Oathbound ne sont pas loin. Meilin a raison, ce n'est pas une coïncidence si cette attaque s'est déroulée devant les leaders de l'Erdas. Quelqu'un essaye de nuire aux Capes-Vertes. Lenori et moi serons tenus responsables pour cet assaut et emprisonnés.

Comme pour confirmer ses paroles, des pas retentirent dans le couloir. Un instant après, on frappa lourdement à la porte.

– Ouvrez ! hurla une voix puissante.

– Vous quatre, vous avez une chance de vous échapper, se pressa de continuer Olvan, tirant des habits du coffre pour continuer à fouiller à l'intérieur. Il faut que vous agissiez.

Il s'arrêta.

– Le voilà !

Il brandit un objet de la taille d'un poing de bébé, enveloppé dans du tissu.

– Pendant des siècles, ce vestige a été transmis d'un leader des Capes-Vertes au suivant. Un proverbe l'accompagne : *Quand des Capes-Vertes combattent des Capes-Vertes, ce qui est caché doit être découvert.*

La porte tremblait sous les coups des gardes. Le bois autour des charnières commençait à se briser.

– Cet avertissement est désormais à prendre en compte. Des Capes-Vertes ont attaqué des Capes-Vertes.

Olvan tendit le petit paquet à Meilin.

– Prends-le.

– Qu'est-ce qu'on doit en faire ? demanda la jeune fille en glissant le mystérieux objet dans une petite poche qu'elle portait à la ceinture.

Olvan allait répondre, quand Conor remarqua que le silence s'était installé à l'extérieur. Il se tourna et aperçut une forme noire qui rampait sur le sol depuis le bas de la porte.

La vipère pierre, l'animal totem de Brunhild la Joyeuse !

– Attention ! cria-t-il, et il saisit le bras d'Abéké pour l'éloigner.

– Quoi ? demanda Rollan en cherchant d'où venait le danger.

– Le serpent ! avertit Conor en indiquant le plancher. Il est rapide ! Surtout qu'il ne vous morde pas !

Briggan grogna, en état d'alerte.

– Non ! gronda Conor. Ne laisse pas Uraza s'en approcher, dit-il à Abéké sans la lâcher.

La jeune fille attrapa aussitôt la panthère par le col.

Le serpent n'était pas plus gros qu'un stylo, mais il se déplaçait à une vitesse prodigieuse. Alors que les Capes-Vertes reculaient, la vipère s'immobilisa au centre de la pièce. Elle tira la langue, repérant la position de chacun.

– Dépêchez-vous ! lança Olvan en montrant une autre porte. Partez par là. Prenez le passage, puis

la deuxième à droite et ensuite, le premier escalier que vous trouverez. C'est la direction des murs de la Citadelle.

— Olvan, qu'est-ce qu'on doit faire avec cet objet? répéta Meilin en partant vers la porte.

— Il faut le révéler, répondit le chef des Capes-Vertes.

Il s'apprêtait à ajouter quelque chose quand le serpent fit son choix.

Il fonça comme une flèche sur Olvan, et enfonça ses crocs juste au-dessus de sa botte.

Affolé, Conor regarda le pauvre homme, alors que le poison commençait déjà à faire effet. La jambe d'Olvan se raidit immédiatement, suivie par sa deuxième jambe et ses bras.

Olvan parla rapidement avant que le venin ne se répande dans tout son corps:

— Vous devez trouver qui cherche à séparer les Capes-Vertes.

Le poison continuait à monter jusqu'à son cou et sa peau prit une teinte grise. Il respirait avec peine.

— La même force... essaiera de vous diviser.

Sa voix se traînait. Il ne parvenait presque plus à ouvrir la bouche.

– Restez soudés... fidèles...

Les quatre enfants contemplèrent, impuissants, Olvan se transformer en pierre. Le grand homme perdit l'équilibre et s'écroula sur le plancher. Sa cape verte le recouvrait.

Au même moment, la porte vola en éclats sous les coups des gardes Oathbound.

Anka

— **V**enez ! hurla Meilin en ouvrant grand la porte que leur avait indiquée Olvan. La voie est libre, ajouta-t-elle par-dessus son épaule. Allons-y !

– Et Olvan ? protesta Conor, alors que les Oathbound s'introduisaient dans la pièce.

L'idée de laisser leur chef derrière eux révoltait Rollan, mais ils devaient fuir.

— On ne peut rien pour lui maintenant, répondit-il en entraînant Conor et en vérifiant qu'Abéké les suivait également. Il nous a ordonné de partir. Nous devons lui obéir.

Par leurs grognements, Briggan et Uraza retardèrent les gardes le temps que les enfants s'échappent de la chambre, puis ils s'élancèrent vers le couloir.

— Olvan nous a dit de prendre la deuxième à droite, rappela Abéké, juste derrière Rollan.

— La deuxième *à gauche*, corrigea Meilin en continuant à courir.

Dans un silence pesant, Briggan et Uraza revinrent à leur hauteur.

— Tu es sûre qu'il a dit à gauche ? demanda Conor à bout de souffle.

— Non ! admit Meilin.

Ils atteignirent une intersection. Meilin regarda des deux côtés. Le bruit des pas derrière eux devenait de plus en plus fort.

— Moi, je suis sûr que c'est tout droit, affirma Conor.

Et soudain, ils sentirent une autre présence.

— Ah ! s'écria Meilin.

Rollan voyait mieux que tous dans le noir grâce à son lien avec Essix, mais la Cape-Verte qui venait de les rejoindre était apparue de nulle part. Il parvenait à voir qu'il s'agissait d'une femme. Pourtant ses traits semblaient étrangement flous et sa peau... grise ? Comme les pierres du passage ?

– D'où viens-tu ? demanda Rollan.

– J'étais avec vous tout le temps, répondit la mystérieuse Cape-Verte. Je suis là pour vous aider. Par ici.

Elle leur indiqua une porte qu'ils n'avaient pas remarquée et la poussa, révélant un escalier qui descendait.

Non, Rollan en était certain. Cette porte ne s'était jamais trouvée là ! La Cape-Verte l'avait-elle cachée ?

Briggan grogna. Les Oathbound étaient à leurs trousses. Rollan les entendait approcher.

– Plus vite ! les pressa la Cape-Verte. Je peux vous camoufler.

– Qui es-tu ? demanda Meilin, haletante, alors que les quatre enfants, Briggan et Uraza dévalaient les marches.

Conor referma derrière eux sans faire de bruit.

– Chut ! répondit la femme. Mais taisez-vous, enfin !

Rollan se retint avec peine de lui décocher une répartie cinglante, mais il était en effet plus sage de se taire. Dans l'obscurité de l'escalier, même lui ne distinguait que des ombres. Leurs souffles résonnaient bien trop bruyamment sur les murs.

– Ils vont emprunter le même escalier et nous rattraper, lui murmura Meilin.

Le jeune garçon haussa les épaules, bien qu'elle ne pût le voir dans le noir. Si l'animal totem de cette Cape-Verte était bien ce qu'il commençait à soupçonner, les gardes ne verraient pas la porte.

Au-dessus d'eux retentirent les voix de leurs poursuivants. Leurs pieds tambourinèrent sur le sol et ils dépassèrent la porte sans la voir.

Eh oui. Rollan avait vu juste.

– Venez, murmura la Cape-Verte devant eux. Suivez-moi et ne dites pas un mot.

Ils lui obéirent. Conor appela Briggan à sa forme passive et Uraza avança tout doucement sur ses coussinets. Essix volait en cercles dans le ciel pour les attendre.

En bas des marches, ils tournèrent à droite pour arriver dans un autre long tunnel sombre. Tout au bout, une porte menait sur une cour et vers l'extérieur de la Citadelle. Rollan entendit des détonations au loin : les Oathbound traquaient les Capes-Vertes. À l'entrée, la lourde herse venait d'être descendue dans un grand fracas. Ils ne pourraient pas s'échapper par là. Deux domestiques en marron traversaient la cour dans leur direction. Toute la Citadelle était en état d'alerte maximum. Tout était perdu.

À moins que...

Dans la lumière qui filtrait par la porte, Rollan put pour la première fois examiner la nouvelle Cape-Verte. Elle avait les cheveux noirs noués en une longue tresse dans le dos et sa peau était aussi foncée que la sienne.

— Tu n'étais pas... grise, tout à l'heure ? chuchota-t-il.

Elle lui adressa un regard agacé.

— Ils m'avaient avertie à ton sujet, lança-t-elle, tranchante.

— Que j'étais le plus malin ?

— Le *petit* malin, corrigea la Cape-Verte dans un murmure.

Rollan sourit. Il l'aimait bien.

— C'est un caméléon, ton animal totem, n'est-ce pas ?

Il vit une lueur de surprise traverser ses yeux. Elle hocha la tête brusquement et Rollan aperçut sur son épaule une sorte de lézard, qui se fondait dans la cape verte de sa compagne. Un caméléon. Sans la vision accrue que lui procurait son lien avec Essix, il ne l'aurait jamais distingué.

— Comment t'appelles-tu ? demanda-t-il.

— Anka.

— Je suppose qu'on sort par là-bas, intervint Meilin en montrant une porte de l'autre côté de la cour pavée. Mais comment arriver jusque-là sans se faire repérer ?

Alors qu'elle posait la question, deux gardes apparurent, leurs épées brandies, à la recherche des fugitifs. Après avoir inspecté les lieux, ils repartirent.

— Maintenant, dit Anka tout bas. Vite. Si je m'arrête, plaquez-vous contre le mur et ne bougez plus.

Elle se tourna vers Rollan.

– Et ne parlez pas. Ne respirez même pas !

– Mais..., commença Meilin.

Rollan la connaissait bien. Elle voulait des explications. Ce n'était pas le moment. Ils n'avaient pas le temps.

– Faites ce que je vous dis !

Rollan hocha la tête pour rassurer Meilin.

Abéké avait mis Uraza dans sa forme passive et les quatre enfants, guidés par la mystérieuse Cape-Verte, longèrent le mur en pierre de la cour. Derrière eux, la Citadelle grouillait d'animation.

Ils avaient parcouru la moitié de la distance quand ils entendirent les deux Oathbound sortir par le passage qu'ils avaient emprunté.

– *Stop !* ordonna Anka.

Rollan se colla contre le mur, son épaule contre celle de Meilin, Anka de l'autre côté. Il savait que Conor et Abéké avaient également obéi. Personne ne bougeait.

Ne respire même pas, se rappela-t-il.

Les deux Oathbound avancèrent sur les pavés, regardant dans tous les sens. Leurs yeux passèrent sur Rollan et ses camarades sans s'y attarder.

Toujours aussi immobile, Rollan observa Meilin. Il savait qu'elle était là, et malgré sa vision augmentée, il ne voyait d'elle qu'un pâle contour. Grâce au caméléon d'Anka, ils étaient tous les cinq invisibles. Ils se fondaient dans les pierres du mur.

– Ils ne sont pas ici, déclara un des gardes en se retournant. Allons jeter un coup d'œil à l'autre passage.

– Attends, lança son compagnon, un colosse aux traits gracieux et à la peau mate encadrée d'épais cheveux noirs.

Rollan remarqua qu'il était marqué. Il portait son animal totem dans le creux de son bras : un petit oiseau brun pratiquement sans ailes et avec deux grands trous au bout de son long bec fin. Un kiwi provenant d'une petite île à côté du Stetriol, à l'odorat dangereusement aiguisé.

Ce qui voulait dire que le garde, à défaut de les voir, pourrait les sentir.

Essayant de ne pas bouger, Rollan renifla l'air pour s'assurer qu'il ne sentait pas trop fort. Oh là là. Il aurait dû prendre un bain à la dernière auberge où ils avaient séjourné. Et les autres ne valaient pas mieux.

Au centre de la cour, le Marqué fermait les yeux et respirait profondément. Le kiwi dans ses bras clignait de ses minuscules paupières noires.

Rollan retint son souffle.

Dans un froncement de sourcils, le garde ouvrit les yeux et scruta soigneusement les alentours. Il plissa le nez et avança vers les enfants.

– Ils ne sont pas ici, répéta son partenaire impatiemment.

– Mais ils sont passés par là, affirma l'autre. Et ça ne fait pas si longtemps.

Nouveau reniflement et il haussa les épaules.

– Je ne les vois pas. Allons au rapport.

Rollan laissa échapper un soupir de soulagement quand les deux hommes pivotèrent sur eux-mêmes.

À ses côtés, Abéké semblait perdue.

– Il nous a regardés, pourtant, murmura-t-elle.

Rollan ouvrit la bouche pour expliquer.

– Allons-y, l'interrompit Anka en repartant, les enfants sur ses talons.

En silence, les cinq passèrent par la porte du mur et s'engagèrent dans la forêt qui entourait la Citadelle. Encore longtemps après leur départ, ils entendirent le vacarme des arrestations et des fouilles. Bientôt, le bruit laissa la place au calme des bois. Ils foulèrent le plus discrètement possible le sol recouvert d'épines de pin. Des fougères leur frôlaient les genoux et les hautes branches des arbres leur bloquaient la lumière.

– Très bien, on est assez loin! affirma Meilin en s'arrêtant.

Rollan se plaça à côté d'elle avec Abéké et Conor, qui sortirent leurs animaux totems de leur forme passive. Briggan s'installa tout près de Conor et Uraza s'accroupit aux pieds d'Abéké, toujours sur ses gardes. Essix, il le sentait, se perchait sur un arbre tout proche.

Anka se tourna vers eux. Sa peau avait pris une teinte verdâtre pour s'harmoniser avec la forêt.

– T'étais pas plus... marron, tout à l'heure? demanda Rollan.

Elle lui adressa un nouveau regard ennuyé.

Il lui sourit. Taquiner Anka allait beaucoup l'amuser.

– Tu es une Cape-Verte? demanda Meilin.

Anka leur montra la cape qu'elle portait.

– Ça ne se voit pas ?

– Ça ne prouve rien, tu ne crois pas ? contredit Meilin. À la réunion, nous venons d'essuyer un assaut des Capes-Vertes. Olvan nous a expliqué qu'il s'agissait de nouvelles recrues. Et nous ne t'avons jamais vue avant aujourd'hui. Comment être sûrs qu'on peut te faire confiance ? Comment savoir que tu n'es pas un de ces imposteurs ?

– Les Capes-Fausses, précisa Rollan.

– J'ai toujours été là, affirma Anka. Vous ne m'avez simplement jamais remarquée.

– Je comprends, lança Abéké. C'est pour ça que les gardes ne nous ont pas vus. Tu utilises les pouvoirs de camouflage de ton caméléon ?

Anka acquiesça d'un hochement de tête.

– On peut le voir ? demanda Abéké, avant de s'adresser à Conor. C'est adorable, les caméléons. Tu en as déjà vu ?

– Toey est timide, affirma Anka, sa voix sévère s'adoucissant pour la première fois. Vous pourrez peut-être l'apercevoir de temps en temps.

Meilin restait perplexe.

– Elle dit la vérité, confirma Rollan. Je pense qu'on peut lui faire confiance.

– Oh, *merci*, lâcha Anka, sarcastique. Je viens de vous sauver de la Citadelle et vous *pensez* que vous pouvez me faire confiance?

– On connaît bien le sens du mot trahison, affirma Meilin, sérieuse.

Elle tapota la bourse où elle avait glissé l'objet d'Olvan.

– Et on nous a confié une mission. On doit se montrer prudents.

Rollan vit Briggan dresser les oreilles et frotter la jambe de Conor avec son museau. Il redoubla d'attention.

– On devrait repartir. La Citadelle a envoyé des gardes à nos trousses.

– Des Oathbound, reprit Anka. Ce sont de fins limiers. On ferait mieux de ne pas traîner.

Révélations

Les Oathbound étaient déchaînés.

Ils avaient traqué les Capes-Vertes tout l'après-midi, ne leur accordant aucun instant de répit. Heureusement qu'Abéké avait passé les mois suivant la défaite du Wyrm à chasser dans le Nilo, elle était entraînée et résistante.

Alors que le soleil se couchait et que la fraîcheur et l'obscurité s'installaient dans la forêt, Abéké

suivit Anka à travers les pins, Uraza sur les talons, Meilin quelques pas derrière elles. Rollan, Conor et Briggan fermaient la marche.

Les bruits de leurs poursuivants avaient faibli, mais Abéké savait qu'ils n'avaient pas renoncé. Il fallait pourtant que ses camarades et elle se reposent un peu. Anka ne pourrait tout de même pas tenir à ce rythme-là toute la nuit. Ou peut-être que si...

Abéké s'arrêta, laissant Rollan et Meilin la dépasser. Elle se remit en route quand Conor arriva à ses côtés. Uraza et Briggan trottaient derrière eux.

– Je m'inquiète pour Olvan, murmura Abéké.

Elle revoyait le leader des Capes-Vertes s'écrouler au sol après avoir été mordu par la vipère pierre de Brunhild la Joyeuse.

– Tu penses que le poison l'a tué ? reprit-elle.

– Il existe un antidote, affirma Conor en lui adressant un regard hésitant. Ils ne le laisseront pas mourir sans le lui administrer. Ils ne feraient pas une chose pareille.

– Je l'espère.

Elle aurait tant aimé retourner à la Citadelle pour venir au secours de son chef, mais il fallait avant

tout qu'elle accomplisse la mission qu'il leur avait confiée. S'ils arrivaient à comprendre ce qu'ils étaient supposés faire.

Elle remarqua la mauvaise mine de Conor. En plus de sa pâleur, des cernes noirs soulignaient ses yeux fatigués. À cause de ses cauchemars, il manquait cruellement de sommeil. Et avant cela, le Wyrm l'avait épuisé. Il parvenait à peine à avancer, mais elle savait qu'il ne se plaindrait pas.

Ils continuaient désormais sous la pleine lune qui éclairait leurs pas. Des ombres argentées se dessinaient sur le sentier et une brise froide soufflait à travers les branches.

Après encore une heure à marcher sans que les sons des Oathbound leur parviennent, Anka ordonna une halte. Les quatre enfants se réunirent autour d'elle.

– Meilin, appela Anka tout bas. Tu as parlé d'une mission. Il faut qu'on sache où on va.

Meilin lâcha un soupir de lassitude.

– Je n'ai aucune idée de ce qu'Olvan attend de nous.

Elle sortit de sa bourse l'objet enveloppé dans un linge.

– Il nous a confié cela et nous a demandé de le révéler. Nous ne savons même pas ce que ça peut vouloir dire.

Tout doucement, elle ouvrit le linge.

Dans la lumière pâle de la lune...

– C'est une pierre ! s'exclama Rollan.

Abéké passa ses tresses par-dessus ses épaules et se pencha pour observer. Il avait raison. C'était un caillou de la taille d'un poing de bébé.

– Ah, lâcha Anka en tendant la main pour en effleurer la surface. Je sais ce que c'est et ce que vous devez faire.

– Comment le sais-tu ? s'étonna Meilin.

– Vous ne m'avez peut-être jamais remarquée, mais je suis une Cape-Verte. Et je connais des secrets que vous ignorez encore.

– Mais tu vas tout nous dévoiler, n'est-ce pas ? demanda Rollan.

Anka tourna la tête vers la forêt. Aucun son.

– Asseyons-nous quelques minutes pour nous reposer. Je vais vous expliquer.

Soulagés, Abéké et les autres enfants s'installèrent sans se faire prier. Uraza se blottit contre Abéké. Essix s'était posée sur une branche basse. Le clair de lune qui filtrait entre les arbres repoussait les ombres. Malgré la lumière, Abéké distinguait à peine la silhouette d'Anka. Grâce à son caméléon, elle se fondait dans la nuit.

– Cette pierre n'est pas ce qu'elle paraît, commença la jeune fille. Elle fait partie des quatre objets les plus précieux des Capes-Vertes. Olvan le savait. Pourquoi ne vous l'a-t-il pas dit quand il vous l'a donnée ?

– Il n'a pas eu le temps, répondit Conor.

Allongé à côté de lui, Briggan posa sa grosse tête sur les pieds de son humain.

– Je comprends, dit Anka, attristée. Les quatre continents de l'Erdas ont offert aux Capes-Vertes des présents pour les remercier d'avoir remporté la première guerre contre le Dévoreur. Quatre objets maniés par quatre anciens héros de l'Erdas...

– Quatre ? répéta Rollan. Maniés par quatre héros ?

– Ne m'interromps pas, gronda Anka.

– D'accord, mais je n'ai pas pu m'empêcher de remarquer qu'Abéké, Conor, Meilin et moi, nous sommes quatre.

– Et tu n'as même pas eu à compter sur tes doigts pour ça, assena Anka. Maintenant, tais-toi et laisse-moi finir.

Elle s'arrêta un instant et haussa les épaules.

– Le fait que vous soyez quatre et originaires des quatre continents n'est sûrement pas un hasard, ajouta-t-elle cependant. Il semble logique que cette mission vous revienne. En tous les cas, ces quatre présents montraient que les Capes-Vertes représentaient tout l'Erdas et se battaient pour lui.

– Ils sont unis ; ce sont les leaders qui veulent les séparer, observa Meilin.

– Exactement. Les Capes-Vertes sont unis. Fidèles et loyaux les uns envers les autres. Au service de toutes les nations et de tous les continents.

– Donc, cette pierre ? pressa Rollan.

– Oui, acquiesça Anka en regardant l'objet. C'est un cadeau de l'Amaya. Une pierre précieuse légendaire appelée le Cœur de la Terre. Comme vous le voyez, elle a été travestie et elle doit être révélée.

Le Zhong a offert l'Œil du Dragon, le Nilo et l'Eura d'autres présents encore, mais je ne me souviens pas de leurs noms. Ces cadeaux ont tous été cachés, à l'exception du Cœur.

— Et nous devons les trouver, comprit Abéké. S'il existe quatre objets qui symbolisent notre union et notre mission, alors, nous devons mettre la main dessus.

— Nous devons d'abord révéler le Cœur, rappela Meilin. Comme nous l'a ordonné Olvan. La seule question est comment ?

— L'Amaya, dit Anka tout bas. Je n'en sais pas beaucoup plus, mais un lieu là-bas est connecté à ce cadeau.

— Attends une minute, intervint Rollan en montrant du doigt la pierre. Nous sommes en possession de cet objet, n'est-ce pas ? Et nous devons récupérer les trois autres et les utiliser pour sauver le monde.

— Exactement, confirma Abéké sans hésitation, plaçant sa main sur celle de son amie et sentant la pierre sous sa paume.

— Oui, acquiesça Conor, posant sa main sur celle d'Abéké.

— Absolument, affirma Rollan dans le même mouvement.

— Pour les Capes-Vertes, déclara Meilin, solennelle.

— Pour les Capes-Vertes, répétèrent Abéké, Conor et Rollan.

Abéké dévisagea ses trois camarades, les trois personnes auxquelles elle faisait le plus confiance. Anka s'était volatilisée. L'espace d'un instant, Abéké ressentit une pointe de pitié pour elle. Le caméléon lui permettait de ne jamais se faire remarquer, même quand elle était présente.

Et soudain, les sens d'Abéké se mirent en état d'alerte. Pendant qu'ils parlaient, le vent s'était figé et la forêt avait plongé dans le silence. Absolu. Le brouillard se levait, flottant comme de longs serpents blancs entre les troncs.

Anka réapparut à quelques pas d'eux sur le sentier. Elle fit volte-face pour les regarder.

— Nous nous sommes arrêtés trop longtemps. Les Oathbound arrivent.

Abéké bondit.

— Nous ne pouvons pas les laisser nous attraper.

En se redressant, Meilin enveloppa le Cœur de la Terre et le rangea rapidement dans sa bourse.

Abéké jeta un coup d'œil à Conor. Il se levait lentement.

– Ça va ? lui demanda-t-elle.

– Oui, répondit-il, mais sans conviction.

Essix s'envola dans le ciel étoilé.

– En route pour l'Amaya, alors ? demanda Rollan.

– On ne parle plus, maintenant. On repart, lança Anka en se matérialisant à ses côtés. Il faut faire vite !

Passant son arc par-dessus son épaule, Abéké se prépara à courir pour le restant de la nuit.

Wikam le Juste

L a pierre n'était pas lourde, mais Meilin sentait le poids de la responsabilité qui lui incombait.

Pendant trois jours et trois nuits, ils traversèrent la forêt avec les Oathbound à leurs trousses. Anka les conduisit vers la côte sud de l'Eura, en direction d'un port où ils pourraient embarquer vers l'Amaya. Les Oathbound seraient incapables de les suivre sur

les mers, ce qui leur donnerait la chance de révéler la pierre et de trouver les trois autres présents légendaires.

Mais les cinq Capes-Vertes devaient encore échapper à leurs poursuivants. Ils ne dormaient que par brefs intervalles, avec toujours quelqu'un pour monter la garde. Ils finirent par être si épuisés qu'ils avaient l'impression de transporter sur les épaules des tonnes de briques.

Un soir, ils s'interrompirent pour manger un dîner froid à la tombée de la nuit, dans une clairière à la lisière d'une forêt de pins. Pour éviter d'attirer l'attention, ils n'allumaient pas de feu et grelottaient, serrés les uns contre les autres. Anka les avait laissés un moment dans la forêt pour partir se ravitailler dans un village. Meilin espérait qu'elle avait payé. Avec son caméléon, elle faisait sûrement une excellente voleuse. Peut-être était-ce pour cela que Rollan l'appréciait autant, malgré sa voix sévère et son mauvais caractère.

— Qu'est-ce que je mange ? demanda-t-il en inspectant la nourriture qu'elle avait rapportée.

— De la viande, répondit-elle.

– J'aurais préféré ne pas poser cette question, ajouta-t-il, prêt à mordre dedans, mais quel type de viande ?

– Le type caoutchouteux, répliqua Anka.

– Hmmm, c'est ce que je préfère, grommela-t-il.

Conor dormait déjà, la tête sur l'épaule d'Abéké. Meilin remarqua qu'il n'avait même pas touché à son repas.

La jeune fille se sentait apaisée par la présence de son panda à côté d'elle. Avec un soupir, elle mastiqua sa viande et écouta Anka et Rollan bavarder.

– Donc, au sujet de cette quête, lança Rollan. Comment est-ce qu'on doit faire pour révéler ce qui est caché ?

Il se rapprocha de Meilin jusqu'à ce que son épaule touche celle de son amie.

– Les légendes des Capes-Vertes affirment que cette pierre s'appelle le *Cœur de la Terre*, commença Anka. Et elle vient de l'Amaya, où il existe un endroit nommé le Cœur de la Terre. C'est une île au milieu d'un grand lac, au nord-est de Concorba.

– Oui, j'ai entendu parler de ce lac, confirma Rollan. C'est là qu'on doit aller, alors ?

– C'est le plus probable, lança la voix d'Anka, mais Meilin ne la voyait déjà plus.

Elle se fondait désormais dans le feuillage vert foncé de la forêt.

– Peut-on dormir ici ce soir ? murmura Abéké. Conor a encore besoin de repos.

Anka ne répondit rien, alors, Meilin prit la parole à sa place.

– Restons aussi longtemps que nous le pourrons.

Ils se turent un instant. Le soleil termina sa descente sous l'horizon et la lune le remplaça, baignant la clairière d'une lumière argentée.

– Si la pierre vient de l'Amaya, pourquoi est-ce qu'Olvan ne me l'a pas confiée à moi ? demanda Rollan. C'est moi qui suis originaire de l'Amaya ici.

– Parce que c'est moi la plus responsable, plaisanta Meilin.

Rollan lui donna un petit coup d'épaule et elle l'entendit rire.

Après tout, il n'avait pas tort. C'était peut-être à lui de porter le Cœur de la Terre. Elle se leva.

– Anka a dit que les quatre présents appartenaient

à quatre héros. Ce qui signifie qu'ils devaient avoir des pouvoirs, vous ne pensez pas ?

– Il est tout à fait probable que ces présents soient plus que de simples symboles, confirma Anka, cachée dans l'ombre. Mais nous ignorons de quoi ils sont capables.

Meilin sortit la pierre de sa bourse et déplia le linge.

– Tiens, dit-elle à Rollan. Prends-la.

Il s'exécuta.

– Tu sens quelque chose ? Un lien ? Un pouvoir ?

Rollan ferma le poing, les sens aux aguets.

– Non, répondit-il après un moment. Rien du tout.

– Parce qu'elle est cachée, répéta Anka, à bout de patience. Elle n'a pas été révélée. Pour l'instant, ce n'est qu'une simple pierre.

Rollan la rendit à Meilin pour qu'elle la range. Meilin s'appuya sur Jhi, qui soupira et se replaça pour être plus à l'aise. En levant les yeux au ciel, elle contempla les étoiles. Un fin filet traversa la Voie lactée. Ensommeillée, elle le regarda se dérouler de l'autre côté de la clairière. Il en passa un autre au-dessus de sa tête. On aurait dit de la soie. Magnifique.

En face d'elle, Conor se réveilla en sursaut.

– Ils arrivent !

Meilin se redressa et tendit l'oreille. Elle ne perçut que le vent dans les arbres.

– Tu en es sûr ?

Peut-être avait-il fait un autre de ses mauvais rêves.

Abéké se leva, une main sur son arc. Son carquois ne contenait plus qu'une seule flèche.

– Oui, il en est sûr, répondit-elle à la place de Conor, qui se levait à son tour avec Briggan.

– Chut, avertit Anka. Ils nous épient peut-être. Mettez vos animaux dans leur forme passive. Avançons en silence. Je vais vous cacher, on ne sait jamais.

Sans discuter, les cinq Capes-Vertes quittèrent la clairière. Meilin ouvrait la voie. Grâce au caméléon d'Anka, quand elle se retournait pour s'assurer que ses camarades la suivaient bien, elle ne voyait rien d'autre que des ombres dans le noir. Essix, qui refusait de s'afficher sur la peau de Rollan, sauf en cas d'absolue nécessité, volait de branche en branche. Le faucon n'agitait pas les ailes pour éviter de trahir leur présence.

Le sentier s'étendait devant eux, tel un tunnel sombre. Meilin s'efforçait de ne faire aucun bruit. Alors qu'elle avançait, une toile d'araignée lui recouvrit le visage. Elle la retira et continua de marcher.

Devant elle, elle repéra une autre grande toile qui leur coupait la route. De la taille d'un bouclier, elle scintillait dans le clair de lune. Une petite araignée noire attendait en son centre.

Meilin n'avait *pas* peur des araignées. Elle essayait en tout cas de s'en convaincre. Depuis qu'avec Abéké, elle avait vu Drina, la sœur de Shane, se faire tuer par sa propre araignée totem, elle ne leur faisait plus trop confiance. Et ensuite, ils avaient traversé le champ arachnéen à Sadre. Elle tentait de les considérer comme des souris. De petits bébés souris mignons et poilus avec huit pattes et des yeux effrayants. Et des crocs...

En s'approchant très prudemment, elle tendit la main pour dégager la voie. Mais les fils étaient plus collants que de la glu et son bras resta fixé dessus. Deux pas devant elle, une autre toile apparut à la hauteur de sa tête. Elle la remarqua trop tard et entra droit dedans. Le filet se referma sur son visage.

– *Beurk*, lâcha-t-elle.

Elle s'interrompit en vacillant, essayant de libérer ses yeux.

– Qu'est-ce qui se passe ? demanda Rollan tout bas, derrière elle.

– Je suis... coincée ! répondit-elle.

Elle parvint enfin à se délivrer, juste à temps pour voir une masse descendre des arbres et atterrir aux pieds de Rollan.

– Essix ! s'exclama le jeune garçon en s'accroupissant devant son animal totem.

La pauvre bête était entièrement emmaillotée dans une toile d'araignée visqueuse. Elle poussait des cris d'indignation.

Un bruissement agitait la forêt autour d'eux.

Meilin aperçut une silhouette qui se déplaçait entre les branches.

Plusieurs silhouettes, même. Des araignées. Des milliers d'araignées. Elles étaient conduites par leur chef, plus grosse que toutes les autres, pour les encercler.

Meilin comprit soudain ce qui se passait :

– Un des gardes a une araignée comme animal totem ! hurla-t-elle.

Et il avait convoqué toutes les araignées de la forêt pour qu'elles tissent un piège géant.

– Courez ! cria Abéké.

Rollan attrapa son faucon prisonnier et se rua derrière Meilin.

La jeune fille se figea quand elle entendit une plainte. Abéké était enveloppée dans une toile et n'arrivait pas à s'en dégager. Conor tentait frénétiquement de trancher les fils qui lui entravaient les pieds.

Une seconde plus tard, Meilin sentit une bestiole de la taille d'une souris grimper sur son cou. Plus d'araignées encore descendaient des arbres, au bout de longs fils. Alors qu'elle s'apprêtait à dégainer son épée, une autre toile, plus large qu'un filet de pêche, tomba des branches sur les cinq Capes-Vertes. Ils se débattirent, mais elle se plaqua sur eux et ils furent totalement immobilisés. Des araignées rampaient vers eux comme si elles voulaient s'assurer qu'ils étaient vraiment neutralisés. Meilin frissonna quand l'une d'elles passa sur sa joue.

– Je comprends maintenant ce que ressent une mouche, lâcha Rollan en s'efforçant de protéger les plumes d'Essix de la toile poisseuse.

Quand ils s'écroulèrent tous comme un seul homme, Meilin vit des formes sombres sortir des arbres : vêtues de noir et avec les manchettes et les cols en cuivre des Oathbound. Un des gardes était exceptionnellement grand et fin, avec une peau parcheminée et des yeux enfoncés. Un oiseau noir au bec crochu et à la tête rouge et ridée s'agrippait à son épaule à l'aide de ses puissantes serres.

– C'est Wikam le Juste, annonça Anka tout bas. Un des chefs des Oathbound. Son animal totem est un vautour. Ils sont bien plus dangereux qu'ils ne le paraissent. Écoutez, dit-elle rapidement. Il ne faut pas prendre Wikam à la légère. Il s'appelle peut-être le Juste, mais il ne vous traitera avec aucune clémence. Ne perdez pas votre temps à essayer de discuter avec lui.

– Tu t'adresses à moi, c'est ça ? grommela Rollan.

– Chut, gronda Anka, inquiète.

Un des autres Oathbound lança un signal et le bataillon des araignées repartit vers la forêt. Il ne resta que celle de Wikam, petite, marron et velue. Elle remonta sur son bras pour se percher sur son épaule. Meilin devait bien le reconnaître, elle n'avait rien d'une souris. Le clair de lune se reflétait dans ses yeux.

Wikam le Juste croisa les bras et examina les enfants.

– Eh bien, lâcha-t-il d'une voix grave qui semblait retentir depuis l'autre bout d'une profonde grotte. Regardez-vous, misérables Capes-Vertes. Vous vous êtes bien amusés, mais on vous tient maintenant. Vous serez jugés pour avoir attaqué les leaders de l'Erdas.

– Mais nous n'avons rien fait ! protesta Meilin.

– Vous savez quoi ? demanda Wikam, moqueur. Je vous crois.

Il s'appuya contre un arbre, ses yeux pétillant de cruauté.

– Mais je m'en fiche. Vous êtes peut-être plus innocents que... des enfants. Je vous livrerai quand même et remporterai les lauriers pour cette arrestation. Vous serez jugés pour l'assassinat de l'empereur du Zhong. Et lorsque vous serez condamnés, ce qui se produira inévitablement quand je raconterai que vous m'avez tout avoué, votre peine sera la *mort*.

La torche

Au cours de la bataille contre le Wyrm, la forteresse polaire des Capes-Rouges, le Volcan de la Désolation, avait été entièrement détruite. Ses tuyaux de lave et ses mystérieuses structures construites par les Hellans n'existaient plus désormais.

Depuis, Stead, qui avait pris la tête du groupe après la mort de Shane, cherchait un nouvel endroit pour établir son quartier général. Après avoir visité quelques emplacements potentiels, il avait décidé de bâtir une haute tour sur une plage isolée de la côte sud de l'Eura. Du sommet, on avait une vue dégagée sur le château des Capes-Vertes à Havre-Vert, au loin, de l'autre côté de l'océan.

Worthy y avait grimpé. Il était convaincu que ce panorama n'était pas étranger au choix de Stead. Les Capes-Rouges étaient des parias et Stead voulait les réhabiliter.

Jamais ça ne se produirait, Worthy en était certain. Il suffisait qu'ils se regardent dans un miroir pour le savoir.

Il aurait bien aimé arrêter de se cacher, lui aussi, mais d'un autre côté, il adorait ses yeux plissés couleur or, sans parler de la puissante musculature que lui valait sa fusion avec sa panthère noire. Les griffes rétractables lui plaisaient beaucoup, également.

Pourtant, Worthy comprenait la position de Stead. Tous les Capes-Rouges sans exception avaient commis des erreurs. Shane, leur ancien chef, leur avait redonné une raison de vivre : se racheter.

Et selon Stead, malgré leur valeureux combat contre le Wyrm, ils avaient encore du chemin à parcourir.

Stead observait sur la large plage de sable les ouvriers qu'il avait engagés pour apporter les dernières finitions à la tour. Couleur sable, elle était coiffée d'un dôme en cuivre martelé qui rayonnait dans le soleil couchant d'un éclat si puissant que sur les murailles de Havre-Vert, tous le voyaient. Un flambeau sur l'océan.

Sûrement l'objectif de Stead.

– Eh, je sais comment tu devrais appeler la tour, suggéra Worthy. La Torche.

Stead ne répondit pas. Il avait un profil héroïque avec son masque et sa cape rouge qui battait contre ses jambes dans le vent marin. Des vagues se brisaient sur le sable et les oiseaux de mer tournoyaient au-dessus de leurs têtes. Aux pieds de Stead, Yumaris se tortillait et enfonçait ses doigts noueux dans un tas d'algues et de coquillages qui empestaient le poisson mort. Elle ne voyait pas ce qu'elle faisait, devenue plus ver de terre qu'être humain, mais elle reniflait le sable et grignotait les algues. Elle semblait parfaitement satisfaite.

Contrairement à Worthy. Il poussa un profond soupir, attendant que Stead lui explique pourquoi il l'avait convoqué. Mais Stead ressemblait de plus en plus à l'animal totem qui faisait désormais partie de lui : un bélier égoïste et borné.

Comme s'il avait senti l'impatience de Worthy, Stead jeta un regard derrière lui. Worthy aperçut à travers son masque ses étranges pupilles rectangulaires.

– J'ai reçu des rapports, commença Stead.

C'est parti, songea Worthy. Il croisa les bras, prêt à écouter.

– Les leaders des quatre continents sont sortis de l'ombre, continua Stead. Il y a quelques jours, ils se sont réunis dans la vieille Citadelle, à la frontière de l'Eura et du Zhong.

– Eh oui ! lâcha Yumaris joyeusement.

Worthy jeta un regard à la vieille femme aux orbites vides. Elle nouait des morceaux de coquillages dans ses longs cheveux gris-blanc. Affichant un sourire édenté, elle enveloppa ses épaules d'un large châle d'algues.

– Très joli, la complimenta Worthy.

En réponse, elle gloussa et envoya une poignée de sable dans sa direction.

– À ce que j'ai pu lire, la réunion a mal tourné. Les Capes-Vertes ont attaqué les leaders. Une terrible trahison. L'ambassadrice du Stetriol a été blessée et l'empereur du Zhong assassiné.

De quoi parlait-il ?!

– Ce sont les Capes-Vertes qui ont fait ça ? l'interrompit Worthy.

– Bien sûr que non ! répliqua Stead, agacé. Selon mes sources, les assaillants venaient de s'engager dans les rangs des Capes-Vertes. Ils l'ont manifestement fait pour mettre au point cette attaque. Et maintenant, les leaders de l'Erdas sont convaincus que les Capes-Vertes sont des criminels. Ils ont ordonné à leurs Oathbound de les traquer et de les arrêter partout dans le monde.

Il montra du doigt l'île de Havre-Vert.

– Une fois capturés, ils seront enfermés dans leur château et ensuite, ils passeront en jugement.

Worthy n'aimait pas ça du tout.

– Mais qui leur a tendu ce piège ? demanda-t-il. Qui veut détruire les Capes-Vertes ?

Stead haussa les épaules.

– Aucune idée. Un des leaders, peut-être ? Les Capes-Vertes ne manquent pas d'ennemis, surtout après que tant d'entre eux se sont fait contaminer par le Wyrm. Ils ont encore des détracteurs dans le Stetriol. Beaucoup, à l'instar de Shane, condamnent les Capes-Vertes pour les années de souffrance de ceux qui ont invoqué des animaux totems sans bénéficier du Nectar pour faciliter la consolidation du lien. Ça peut vraiment être n'importe qui, même un Cape-Verte belligérant.

– Ou un Cape-Rouge, suggéra Worthy.

– Non, rétorqua Stead d'un ton neutre. Sûrement pas.

Worthy haussa les épaules. Selon lui, tout le monde était capable d'absolument tout. Il n'exclurait pas cette possibilité à moins d'en être tout à fait certain.

– Et donc ? Qu'est-ce que tu attends de moi ?

– Notre petite bande préférée de Capes-Vertes a réussi à s'enfuir de la Citadelle.

Worthy se sentait de plus en plus mal à l'aise.

– Tu parles de Conor et des trois autres ?

– Oui, les héros de l'Erdas, répondit Stead. Je veux que tu les aides.

– Mais ils me détestent ! protesta Worthy. Conor, en tout cas, c'est évident, et il a de bonnes raisons pour ça.

– Il faut qu'ils te fassent confiance.

Worthy secoua la tête.

– C'est impossible.

Stead ne répliqua rien.

– Je te le jure, insista Worthy. Jamais ils n'auront confiance en moi. Ça n'arrivera pas. Tu as choisi la mauvaise personne pour ta mission.

Derrière son masque, Stead plissa les yeux.

– Vois les choses sous cet angle : c'est ta chance pour inverser la tendance et devenir leur sauveur.

Oh, Stead était très doué. Il savait exactement ce que voulait Worthy, ce qu'il avait toujours voulu, même avant qu'il tente sans succès d'invoquer un animal totem à la cérémonie du Nectar. Il voulait être un héros. Comme... oui, comme Conor, qui avait été son domestique et qu'il avait traité de la pire des façons. Conor, qui avait invoqué une des Bêtes Suprêmes et qui, de simple berger, était devenu héros de l'Erdas.

— Qu'est-ce que j'aurais à faire ? demanda Worthy.

— Trouver les enfants, répondit Stead. Ils pensent probablement qu'ils se sont échappés et ils se trompent. Ils doivent être mis au courant que les Oathbound continuent à traquer tous les Capes-Vertes dans le monde. Raconte-leur ce que tu sais sur les présents. Aide-les.

— Je ne sais rien sur les présents, riposta Worthy, platement.

— Yumaris dit le contraire, affirma Stead. Mais tu as raison, personne n'en sait beaucoup à leur sujet. Les anciens Capes-Vertes avaient la mauvaise habitude d'effacer toute information qu'ils estimaient dangereuse. Les présents ont apparemment disparu pendant de nombreuses années. Mais le moment est venu de les retrouver.

Il fit un signe de tête vers Yumaris.

— Elle a eu une vision de toi avec les présents. Elle va t'expliquer.

Worthy poussa un grognement.

— Elle va plutôt me parler de la consistance de la poussière, lâcha-t-il en adressant un regard mauvais à la vieille femme.

Elle lui sourit.

– Les présents ! s'exclama-t-elle, ravie. De la pierre et des griffes ! Un cercle ! Et l'autre truc !

– *L'autre truc ?* répéta Worthy. Ça m'aide vraiment là, merci !

Il haussa les épaules. C'était un Cape-Rouge et Stead était leur chef. Peut-être, après tout, était-ce vraiment sa chance de se montrer à la hauteur de son nom. Worthy. Le Valeureux.

Et... des *griffes* ? Il s'y connaissait dans ce domaine.

– D'accord, accepta Worthy. Je m'en charge. Et toi, que feras-tu pendant ce temps ?

– Les Oathbound servent les leaders de l'Erdas, répondit Stead. Leurs intentions sont louables, mais ils ont tort en ce qui concerne les Capes-Vertes. Ils sont manipulés par quelqu'un. Au cas où nous aurions besoin de plus de forces, je vais réunir les autres Capes-Rouges. Nous nous tiendrons prêts à protéger les Capes-Vertes s'il le faut.

Worthy devait bien reconnaître que le plan de Stead était avisé.

– D'accord, acquiesça-t-il dans un soupir. Je vais retrouver les quatre héros. Et qu'ils me fassent confiance ou pas, je veillerai sur eux. Et je les assisterai pour la pierre, la griffe, le cercle et... le *truc*.

Cauchemars

– J e me suis jamais senti aussi proche de vous, ironisa Rollan d'une voix étouffée.

– Rollan, j'ai ton coude dans la joue, se lamenta Abéké.

– Je me serais bien excusé, mais ton genou me rentre dans le nez, répliqua-t-il.

– Arrêtez de gigoter, gronda Anka. Ça ne fait qu'empirer les choses.

Les cinq Capes-Vertes gisaient en tas sur le sol recouvert d'aiguilles de pin. Ils étaient étroitement serrés les uns contre les autres dans une toile d'araignée visqueuse.

La plupart des Oathbound étaient partis chercher une charrette pour transporter les prisonniers vers la Citadelle, laissant le Marqué à l'araignée et un autre garde avec eux.

– Conor, murmura Meilin. Essaye d'atteindre le couteau dans la ceinture de Rollan.

– D'accord, répondit le jeune garçon.

Il s'efforça de dégager une main et attrapa du bout des doigts le manche du poignard. Mais il ne parvint pas à le libérer de la toile. De toute façon, une lame n'aurait pas suffi pour les délivrer.

Ils n'avaient qu'un seul moyen pour s'en sortir. De là où il se trouvait, Conor voyait à quelques pas les Oathbound appuyés contre un arbre.

– Écoutez, chuchota-t-il.

Les quatre autres se turent.

– On doit s'échapper maintenant, avant que Wikam le Juste...

– L'Injuste, corrigea Rollan.

— OK, Wikam l'Injuste. Avant qu'il ne revienne avec sa charrette. À trois, nous allons invoquer nos animaux totems en même temps pour déchirer la toile.

— Un, murmura Meilin.

— Deux, ajouta Abéké.

— *Trois*, cria Rollan.

Jhi sortit de sa forme passive et déchira les fils qui entouraient Meilin comme s'il s'agissait de vulgaires mouchoirs.

Au même instant, Uraza bondit et, avec ses griffes affûtées, libéra Abéké.

Briggan grogna et dégagea Conor, qui roula à terre et se releva rapidement en s'emparant de sa hache, prêt au combat.

Les gardes hurlèrent. Le premier dégaina son épée et l'autre jeta son araignée sur les enfants. Des fils poisseux dégoulinèrent de son corps et recouvrirent Rollan, qui essayait de sortir de la toile qui les avait retenus captifs. Essix était toujours ligotée et ne pouvait pas l'aider. Anka et son caméléon se débattaient encore.

L'épée brandie, Meilin se rua sur le garde pour esquiver son attaque. Elle le frappa à la tête avec le manche et l'assomma d'un coup sec. Le danger écarté, elle s'agenouilla près de Rollan pour le décoincer. En séchant, les fils de la toile étaient moins collants, mais ils pendaient encore sur les habits des cinq Capes-Vertes.

— Merci, ma chère dame panda, lança Rollan en se dépêtrant enfin et en prenant Essix dans ses bras.

Abéké pointa sa dernière flèche sur le Marqué, qui levait les mains en signe de reddition. Son araignée se cachait désormais dans la poche avant de son uniforme. Conor apercevait une patte marron et poilue qui en sortait.

— Beurk, les araignées, commenta Rollan en tentant de nettoyer Essix sans endommager ses plumes. J'en ai vu une qui se baladait sur mon visage.

— Imagine que ce sont des souris, conseilla Meilin.

— Des souris ? T'es pas sérieuse ?

— C'est ce que je fais, répliqua-t-elle en haussant les épaules.

— Je ne veux pas non plus qu'une souris se promène sur mon visage, grommela Rollan.

Dans ses bras, Essix poussa un cri d'indignation, excédée d'être prisonnière.

— Attends, je vais y arriver, assura Rollan. Bouge pas, une seconde.

Anka finit, elle aussi, par se dégager de la toile. Elle avait pris une teinte blanc argenté comme les fils qui l'avaient attachée.

— Les autres gardes ne vont pas tarder, dit-elle brusquement, alors que sa peau, ses cheveux et ses habits retrouvaient les couleurs de la forêt. Partons d'ici.

Ils se remirent à courir.

Conor avait pensé qu'il n'aurait pas la force de continuer, mais dès que le soleil se leva, il se retrouva avec les autres à la lisière d'une ville portuaire.

Pendant la nuit, ils avaient distancé leurs poursuivants. Dès qu'ils auraient embarqué sur un navire et laissé l'Eura et les Oathbound derrière eux, ils pourraient enfin se lancer dans leur quête. Et il pourrait dormir.

Sans cauchemars, fallait-il encore espérer.

Camouflés par Anka, ils pénétrèrent dans la ville pour se diriger vers le quai. Anka leur réserva alors des places sur un bateau en partance pour l'Amaya. Elle paya au capitaine une somme supplémentaire pour que leurs affaires soient chargées le plus rapidement possible. Elle pressa les enfants de monter à bord. Ils ne purent s'offrir qu'une seule cabine équipée de deux hamacs. Ils devraient donc se relayer pour dormir.

Ils examinèrent les lieux.

– Ces hamacs me rappellent la toile d'araignée, commenta Rollan. C'est pas rassurant. Je pourrai jamais trouver le sommeil là-dedans.

– On n'a pas tous peur des araignées, affirma Meilin.

– C'est ça, oui, répliqua Rollan, sceptique.

Alors qu'ils retiraient leurs bottes et leurs armes, il passa les doigts sur la nuque de Meilin.

– Une araignée ! lâcha-t-il.

Elle sursauta, paniquée et s'empourpra sur-le-champ quand elle comprit le tour qu'il venait de lui jouer.

– Une souris, pardon, la taquina Rollan.

Meilin croisa les bras et lui décocha un regard noir.

– Une jolie petite souris marron. Toute touffue, continua-t-il en souriant, et Meilin éclata de rire.

– Tu dors en premier, lança Abéké à Conor.

Elle le surveillait de près depuis leur conversation dans la Citadelle. Il avait gardé en tête ce qu'elle lui avait dit : il était son plus fidèle ami. Ainsi que la mise en garde d'Olvan alors que le venin de la vipère le pétrifiait. Les Capes-Vertes se devaient de rester fidèles entre eux. Conor ferait tout pour se montrer digne de l'amitié d'Abéké.

Avec un hochement de tête pour la remercier, il grimpa dans le hamac, qui se balança sous l'impulsion du navire quittant le port. Par l'unique hublot de la cabine, il vit le soleil de l'après-midi se refléter sur la surface de l'eau et la ville s'éloigner. Ils étaient enfin à l'abri. Les Oathbound ne les rattraperaient plus. Il fallait qu'ils retournent à la Citadelle pour garder les leaders de l'Erdas comme leur imposait leur fonction.

Rollan s'était installé dans l'autre hamac. Il avait passé la nuit à courir tout en décollant la toile gluante des plumes d'Essix. Le faucon avait fini par arrêter de se débattre et adopter sa forme passive.

Conor savait que son camarade était tout aussi épuisé que lui.

Uraza, qui détestait être sur un bateau, avait également pris sa forme passive, tout comme Briggan. Assise dans un coin, Jhi occupait un quart de la cabine de sa présence apaisante. Meilin et Abéké s'appuyaient sur elle.

Anka était sûrement dans les parages, mais dès qu'elle ne bougeait pas, Conor ne la voyait plus. Il se dit qu'elle devait être là, quelque part.

Son hamac se balançait doucement au rythme des vagues. Sur le point de sombrer dans le sommeil, il écoutait la conversation murmurée entre Meilin et Abéké, qui partageaient un repas de biscuits et de pommes séchées.

Dans le deuxième hamac, Rollan ronflait déjà.

– Rollan n'a sûrement jamais fait de cauchemar de toute sa vie, dit Meilin.

Conor entendit le sourire dans sa voix.

– Je parie qu'il rêve de Tarik, objecta Abéké.

– Oui, tu as sûrement raison, concéda Meilin.

– Je fais des cauchemars, moi aussi, avoua Abéké tout bas après une courte pause.

– À propos de quoi ? s'enquit Meilin en croquant dans un biscuit.

– Quand j'ai perdu Uraza, confia Abéké tristement. Et le moment où elle m'a attaquée. J'ai eu si peur. D'elle. Si Shane ne s'était pas interposé, Uraza m'aurait tuée.

– Tu n'as plus peur, n'est-ce pas ? demanda Meilin.

– Non. Mais j'y pense encore.

Conor imaginait comme il était difficile pour Abéké de parler de ça sans la présence de sa panthère pour la rassurer. Mais Uraza n'avait pas le pied marin. Il valait mieux pour elle qu'elle reste sous sa forme passive.

Meilin se tut un instant.

– Je sais ce qu'on ressent quand on doute de son lien avec son animal totem. Il faut juste que tu aies confiance.

– Mais j'ai entièrement confiance en Uraza, affirma Abéké.

Conor entendit un bruissement.

– J'ai une brosse, tu veux que je m'occupe de tes cheveux ? proposa Abéké.

Il sombra dans le sommeil sans avoir entendu la réponse de Meilin.

Où l'attendait le Wyrm.

Au début, il flottait dans une douce obscurité, paisiblement bercé par des vagues invisibles. Il baissa les yeux. Il se tenait debout. À ses pieds, les ténèbres bougeaient. Elles n'avaient plus rien de doux ou de paisible, et quand il en prit conscience, sa peau fut parcourue de frissons de terreur. C'était une masse de parasites noirs et suintants. Il les regarda, horrifié, ramper sur ses jambes, le tétanisant de leur contact glacé jusqu'à ce qu'ils recouvrent tout son corps. Ils s'immisçaient sous sa peau et il perdait sa qualité d'être humain. Son corps n'était plus qu'un amas de vers pulsant avec une douleur intolérable sur le front où le Wyrm avait creusé sa marque. Il ouvrit la bouche pour hurler et de la vermine noire s'en déversa.

Son cri résonna dans la petite cabine. Il se réveilla en sursaut et s'écroula sur le plancher. Il resta prostré par terre à trembler, le corps encore envahi de la sensation du grouillement des vers.

La lumière rouge du crépuscule filtrait par le hublot, teintant tout autour de lui en rouge sang.

Et soudain, Abéké s'agenouilla à ses côtés et lui prit la main.

– Tout va bien, le rassura-t-elle.

– Qu'est-ce qui se passe ? demanda Rollan, ensommeillé, depuis l'autre hamac.

– Rien, répondit Meilin.

Sa tresse était dénouée et un long rideau de cheveux noirs tombait dans son dos.

– Rendors-toi.

Conor frissonnait toujours ; les parasites ne quittaient plus son champ de vision. Il se frotta le front.

– Regarde-moi, lança fermement Abéké en lui prenant le menton. Tu vas bien.

À son grand étonnement, elle repoussa sa main, s'approcha et posa ses lèvres sur son front, là où s'était trouvé le stigmate du Wyrm. Quand elle recula, il plongea son regard dans ses grands yeux sages.

– Laisse Jhi t'aider, proposa Meilin en s'écartant pour que le panda puisse passer.

Jhi posa sa grosse patte sur l'épaule de Conor et il sentit sa langue humide lui lécher le front, à l'emplacement de la marque et du baiser d'Abéké.

La douleur omniprésente s'atténua alors. La terreur que lui inspirait le Wyrm diminua.

Un sentiment de paix et de réconfort l'enveloppa. Abéké hocha la tête.

– Tu vas bien, répéta-t-elle.

– Je vais bien, acquiesça Conor.

Et soudain, il le ressentit réellement. Il laissa échapper un soupir de soulagement. Malgré tout ce qui s'était passé, les horreurs qu'il avait vues, le sang, les combats, il n'aurait pas voulu redevenir un simple berger. Il se trouvait auprès de ses amis. C'était ici sa place.

Il lui avait fallu du temps, mais grâce à ses amis, il s'était enfin libéré de l'emprise du Wyrm.

Proie

— On nous observe, affirma Abéké en s'arrêtant au milieu de la route.

Cela faisait une heure qu'elle se sentait nerveuse. En tant que chasseuse, elle savait quand écouter son instinct. À ses côtés, Uraza s'accroupit, sa longue queue balayant le sol.

– Mais les Oathbound sont restés dans l'Eura, objecta Conor.

– Peut-être, ponctua Abéké, en état d'alerte. Et pourtant, quelqu'un nous observe. On est suivis depuis un moment.

Ils avaient débarqué dans l'Amaya et n'étaient plus très loin de Concorba. Le sentier de terre qu'ils empruntaient les menait droit vers la ville, à travers une forêt d'arbres dont Abéké ignorait le nom. Leurs feuilles s'étaient parées des couleurs de l'automne, jaune, marron et orange flamboyant.

Et... rouge. Elle aperçut une tache rouge qui disparut derrière un arbre tout près. Mais il ne s'agissait pas d'une feuille.

– J'avais raison, affirma Abéké. Nous ne sommes pas seuls.

– Tu veux que je nous cache ? proposa Anka.

Elle n'avait pas adopté les teintes de la forêt, mais ses traits semblaient flous, il n'était pas facile de la voir clairement.

– Non, décida Abéké.

Elle posa la main sur la garde de son épée.

– Que celui qui nous suit se montre, lança-t-elle en haussant le ton.

Seul le bruissement des branches dans la brise lui répondit.

Les yeux violets d'Uraza étincelèrent. Les oreilles dressées, Briggan humait l'air autour de lui. Jhi était sous sa forme passive et Essix flottait dans un courant d'air chaud, au-dessus de la forêt.

– Derrière cet arbre, là, indiqua Rollan en montrant la direction où Abéké avait vu un éclair rouge.

La jeune fille sourit, sentant monter l'excitation de la chasse.

– Attrape-le, Uraza.

À ces mots, la grande panthère bondit. Elle contourna l'arbre et un hurlement s'en échappa dans un froissement de feuilles. Les enfants et Briggan accoururent vers elle.

Ils trouvèrent alors un garçon au visage caché derrière un masque blanc, enveloppé dans une cape rouge. Uraza le plaquait au sol de sa puissante patte. Quand elle rentra les griffes, il se débattit en grognant, mais elle ne le laissa pas se relever.

Cape rouge. Masque de chat.

– Worthy ! s'écria Meilin sur un ton de dégoût.

— Quel nom ils lui ont trouvé, je te jure. Le Valeureux! lâcha Rollan avec un rire méprisant. Le Nul, je dirais plutôt.

— Pourquoi tu nous épies? demanda Meilin.

— Je ne vous épiais pas, protesta-t-il.

— Tu nous suivais, en tout cas, intervint Abéké.

— D'accord, concéda Worthy. Éloignez de moi ce gros matou et je vous expliquerai.

C'était le bon moment pour déjeuner. Les quatre enfants sortirent de leur sac unique du pain et du fromage et s'installèrent sur les feuilles. Ils présentèrent Worthy à Anka, qui le salua d'un hochement de tête avant de se fondre dans le paysage. Malgré ses talents de chasseuse, Abéké parvenait à peine à la repérer. Quand elle regardait dans sa direction, elle n'apercevait qu'un faible contour sur le tronc d'un arbre. Elle se demandait si la peau d'Anka n'avait que la teinte de l'écorce ou si elle avait également pris sa texture rêche et bosselée.

— Vas-y, Nul, lança Meilin en pointant sur Worthy le couteau qu'elle avait dans la main pour couper le fromage. Parle.

Abéké vit les étranges yeux plissés du Cape-Rouge cligner derrière son masque.

– Stead, notre chef, m'a envoyé pour vous mettre en garde.

– Hein ? lâcha Rollan, sceptique. Nous mettre en garde contre quoi ?

– Les Capes-Vertes sont officiellement dissous, répondit-il sans se laisser déconcentrer par leurs mines offusquées. Vous êtes tous recherchés pour passer en jugement à la Citadelle.

– Mais nous n'avons rien à voir avec l'assaut ! protesta Meilin.

– Je sais bien, assura Worthy. Tous les Capes-Rouges le savent. Pour le reste du monde, en revanche, vous êtes des renégats. Vous serez arrêtés si vous êtes découverts. Les Oathbound savent que vous êtes ici. Ils sont à vos trousses. Stead m'a envoyé vous prévenir... et vous aider.

Les quatre Capes-Vertes échangèrent des regards inquiets. Ils pensaient être tirés d'affaire, mais pas du tout.

– Nous devrions peut-être renoncer à notre quête, suggéra Meilin tout bas. Worthy vient de parler de soupçons, d'arrestations, de procès... Ça signifie la fin des Capes-Vertes. Nous devrions peut-être chercher qui se trouve derrière ce complot.

Abéké comprenait la logique de ce que proposait Meilin. Rollan et Conor semblaient également y réfléchir.

– Non! objecta une voix à la lisière de la clairière.

Lentement, les contours d'Anka apparurent quand elle s'éloigna de l'arbre contre lequel elle s'appuyait.

– La quête des quatre présents est bien plus importante que vous ne l'imaginez. Vous devez les retrouver. N'est-ce pas la mission que vous a confiée Olvan?

– C'est vrai, confirma Meilin. Mais je pense...

– Souvenez-vous, insista Anka en avançant encore d'un pas.

Étrangement, son visage restait dans une sorte de brouillard impénétrable.

– Ces deux objectifs sont étroitement liés. Les présents, une fois que vous les aurez tous trouvés, prouveront aux leaders que les Capes-Vertes ont toujours servi les quatre continents de l'Erdas.

Elle n'avait pas tort, Abéké le voyait bien.

— Je pense qu'Anka a raison. Nous devrions continuer. Il faut que nous mettions la main sur ces quatre présents.

Elle examina ses compagnons, qui hochèrent tous la tête.

— Je peux vous aider à les chercher, intervint Worthy. Je m'y connais un peu sur le sujet. Je vous guiderai dans votre quête de la pierre, de la griffe, du cercle et... de l'autre truc. Et je vous aiderai à échapper aux Oathbound.

— Tu veux te joindre à nous, c'est ça? demanda Rollan, méfiant.

— Sûrement pas! s'indigna Conor. Tu as oublié qui il est vraiment? Devin Trunswick. C'est une petite brute et un menteur. Il a trahi tout le monde en se ralliant à Zerif!

— J'étais pas en forme, se justifia Worthy en grommelant.

— Il a bu la Bile, renchérit Conor.

— Moi aussi, je l'ai bue, intervint Meilin.

— Pas exprès, objecta Conor. Pas comme lui. Qui sait de quoi il est capable encore? Nous ne pouvons pas le laisser se joindre à nous.

Alors que Rollan semblait convaincu par les arguments de son ami, Abéké secouait la tête et agitait ses tresses. Se mettre dans une telle colère... ce n'était pas le genre de Conor. Elle savait qu'il n'aimait pas Worthy. Devin Trunswick l'avait traité avec cruauté et mépris quand Conor était son domestique. Manifestement, malgré son caractère d'ordinaire indulgent, Conor ne lui avait pas pardonné.

Elle tenta de le raisonner.

– Worthy a combattu le Wyrm à nos côtés, lui rappela-t-elle.

Et elle ne pouvait pas oublier qu'il était un Cape-Rouge, tout comme Shane. Quoi qu'il ait pu faire, Shane était mort en héros.

– Et il semble en connaître plus sur les présents que nous tous, ajouta Meilin.

– Pas beaucoup plus, nuança Abéké, se demandant où il avait obtenu ses informations sur la pierre, la griffe, le cercle et *le truc*.

– Je veux sincèrement vous aider, insista Worthy.

Selon Abéké, il prenait un ton intentionnellement pitoyable.

Les quatre Capes-Vertes se dévisagèrent. Rollan leva les sourcils. Meilin hocha la tête et Abéké fit de même. Conor décocha à Worthy un regard haineux, mais finit par hocher la tête.

— Peut-être, dit-il à contrecœur.

— On pourrait lui accorder une période d'essai, proposa Meilin. S'il nous est vraiment utile, il restera. Sinon, il devra partir. D'accord ?

Tous les enfants acquiescèrent et Worthy poussa un profond soupir, comme s'il les trouvait stupides de ne pas avoir tout de suite accepté.

Abéké se promit tout de même de garder un œil sur lui. Elle prit un morceau de fromage sur une tranche de pain moisie que lui tendait Meilin et partagea avec Uraza. La panthère avala la nourriture d'une bouchée et ronronna.

— Tu as dit que les Oathbound étaient toujours à nos trousses ? demanda-t-elle à Worthy en mâchant.

Le garçon contempla avidement le pain et fit un signe de tête en direction de Concorba.

— Ils vous attendent déjà. Ils ne savent pas où vous allez, mais ils imaginent que vous passerez par la ville. C'est là qu'ils espèrent vous capturer.

— Nous devons y aller pour nous ravitailler, concéda Anka, juste en dehors du cercle des enfants.

Worthy sursauta en entendant sa voix.

— Oups ! J'avais oublié que tu étais là.

— Ça arrive souvent, lança-t-elle, tranchante.

Abéké crut percevoir une pointe de tristesse dans son ton.

— Anka a raison. C'est tout ce qu'il nous reste, acquiesça Meilin, un minuscule morceau de pain et une croûte de fromage dans les mains.

Après une légère hésitation, elle les tendit à Worthy, qui se mit aussitôt à les dévorer, sans retirer son masque.

Abéké vit Anka reprendre la couleur de l'arbre auquel elle venait de s'adosser.

Les Oathbound continuaient à les traquer. Elle comprit la nécessité de ne plus penser comme un prédateur, mais comme une proie. Il fallait par conséquent suivre l'exemple d'Anka et passer inaperçu.

— Les Oathbound chassent les Capes-Vertes, formula-t-elle lentement.

– C'est ce qu'il vient de dire, oui, confirma Rollan en mangeant.

– Meilin, montre-nous la pierre, demanda Abéké.

Quand son amie eut ouvert le petit paquet, elle reprit la parole :

– Cette pierre est cachée, dissimulée. Il faut qu'on fasse pareil. En tant que héros de l'Erdas, on nous repère comme le nez au milieu de la figure. Nous ne devons plus afficher notre appartenance aux Capes-Vertes, nous devons nous camoufler.

Embuscade

R ollan avala péniblement ce qu'il avait dans la bouche et se redressa, offusqué.

– Sûrement pas ! Nous sommes des Capes-Vertes et nous le resterons. Nous ne pouvons pas retirer nos capes !

Ils se levèrent tous, les yeux rivés sur lui.

Rollan sentit ses joues s'enflammer.

– Je sais bien, je suis le dernier d'entre nous à être devenu un Cape-Verte. Mais regardez, dit-il en indiquant la direction de Concorba. J'ai passé beaucoup de temps à me cacher dans cette ville, pour éviter de me faire prendre par la milice. Déjà, à l'époque, je détestais avoir à me faufiler en douce dans les rues comme un chien galeux et l'idée ne me plaît pas plus maintenant. Rappelez-vous ce que Tarik nous disait : il ne faut jamais retirer nos capes. « Nous devons assumer fièrement qui nous sommes et ce que nous représentons. » C'est ce qu'il nous répétait. Vous avez oublié ? Nous devons juste nous montrer plus prudents.

– Quel est ton problème, Rollan ? demanda Worthy en haussant les épaules. Ta cape est en loques, tu aurais pu la jeter depuis longtemps. Tu t'en procureras une nouvelle quand tout sera terminé.

Le commentaire du Cape-Rouge fit à Rollan l'effet d'un coup de poing dans le ventre.

– Ferme-la, Nul ! lâcha Conor sans ménagement.

À côté de lui, Briggan grognait, sentant soudain la tension dans l'air.

– Quoi ? s'étonna Worthy en levant les mains au ciel. Qu'est-ce que j'ai dit ?

– Ça, commença Rollan, la voix chevrotante, en tenant le bord de la cape de Tarik. Je l'ai reçue d'un homme bien plus courageux et valeureux que tu ne le seras jamais.

Le masque que Worthy portait sur le visage ne permettait pas de lire son expression. Il recula d'un pas et baissa la tête.

Rollan serra les poings. Il n'était pas particulièrement bon au combat à mains nues, en général, il préférait se dérober devant les situations qui devenaient périlleuses. Mais si Worthy lui faisait l'affront d'ouvrir la bouche, il n'hésiterait pas à le corriger. Heureusement, le Cape-Rouge se tut.

Meilin intervint.

– Rollan, dit-elle doucement. Je sais que tu ne veux pas jeter la cape de Tarik, mais Abéké a raison. Nous sommes trop voyants maintenant que les Oathbound sont à nos trousses.

– Si c'est vraiment le cas, rétorqua Rollan en fixant Worthy de son regard noir. C'est lui qui le dit. On ne sait pas si c'est vrai.

– On ne peut pas courir le risque de s'exposer, insista Abéké. Et souviens-toi : on a déjà retiré nos capes.

En effet. Conor, Abéké et lui, ainsi que Finn et les autres Capes-Vertes, étaient partis au Stetriol pour ce qu'ils avaient pensé être une mission suicide. Ça avait été une question de vie ou de mort. La situation n'était pas aussi critique cette fois.

– On n'a pas le choix, renchérit Meilin.

Adressant un sourire compréhensif à Rollan, elle décrocha l'épingle qui retenait sa cape sur ses épaules.

– Les porter nous met en danger, continua-t-elle. Si nous sommes réellement recherchés, ces capes nous désignent sans l'ombre d'un doute. Les gens seront sur le qui-vive. Il se peut même qu'on se fasse fouiller. Nous ne devons rien laisser au hasard.

Elle avança vers le bord de la clairière et creusa un petit trou avec son épée. Elle s'agenouilla devant et enfouit son paquet dans la terre. Abéké, Conor et Anka l'imitèrent l'un après l'autre, tous se séparant avec révérence de leur cape.

Peut-être avaient-ils raison. Lentement, Rollan se défit également de la sienne. Quand il la plia avec soin, Essix descendit vers lui. Elle vola autour de lui et se posa sur son épaule, caressant la joue du jeune garçon avec la pointe de son aile. Un carré de cuir était cousu sur sa cape pour que le faucon puisse y enfoncer ses serres sans endommager le tissu ni blesser Rollan. Essix n'était pas très pratique à transporter.

Elle n'était pas d'ordinaire très affectueuse, mais à cet instant, elle éprouva le besoin de passer son bec le long de l'oreille de son humain pour le réconforter. Il la remercia d'une caresse sur les plumes de son jabot et se sentit aussitôt mieux. Et soudain, son humeur s'embruma encore davantage à l'idée que, s'ils devaient se cacher, leurs animaux totems ne pourraient pas être à leurs côtés. Et il faudrait qu'il convainque Essix de prendre sa forme passive.

Comme Rollan connaissait Concorba, il fut décidé qu'en compagnie de Conor, il irait en ville faire des emplettes. Meilin et Abéké les attendraient dans les bois, camouflées par Anka.

Quand Worthy insista pour venir aussi, Rollan et Conor refusèrent catégoriquement.

– Mais je peux porter vos courses ! insista-t-il.

Les Capes-Vertes ne répondirent pas et Worthy renonça, déçu.

– J'essaye juste d'aider, moi.

Rollan entendit Conor marmonner quelque chose qui ressemblait à *Nul*. C'était le surnom idéal pour lui. Plus adapté que celui qu'il s'était choisi.

Anka leur donna quelques pièces et Conor passa le sac de marchandises sur son épaule. À la grande surprise de Rollan, Essix adopta sa forme passive sans résister. Conor avait baissé ses manches pour couvrir son tatouage. Ils partirent vers la ville, laissant leurs armes derrière eux. Ils devraient se contenter du petit couteau que Rollan avait glissé dans sa botte. Sans sa cape, il se sentait étrangement sans défense, comme s'il s'était privé d'une véritable armure. Ainsi vêtus, lui et Conor passaient pour des garçons ordinaires. Rollan avait l'air d'un enfant des rues de Concorba et Conor, d'un touriste de l'Eura légèrement plus élégant.

Ils entrèrent dans la ville, surveillant en priorité les uniformes noirs des Oathbound. Ils marchaient lentement, s'efforçant de ne pas attirer l'attention. Rollan renifla l'air, respirant les parfums familiers du maïs grillé, du pain fumé, du fumier et des piments en train de sécher.

Il jeta un coup d'œil à son ami. Quand ils s'étaient retrouvés au cours de leur voyage vers la Citadelle, Conor lui avait paru pâle et malheureux, et même s'il ne parlait jamais beaucoup, son silence l'avait frappé. L'aptitude de Rollan à lire les humeurs lui avait permis de voir combien les pensées de son ami étaient sombres. Mais Conor semblait plus en forme, désormais.

– Tu fais toujours les mêmes cauchemars ? lui demanda-t-il.

Conor eut l'air surpris.

– Avec le Wyrm ? Non, répondit-il en fronçant les sourcils et en regardant ses pieds. Mais la nuit dernière, j'ai fait un autre rêve. Sur une vague.

– Un rêve prophétique ?

– Je n'en sais rien, lâcha Conor en haussant les épaules. Je te dirai.

Ils longèrent le trottoir jusqu'à la boutique d'un certain Monte, un Cape-Verte qu'ils avaient rencontré quand ils étaient venus dans l'Amaya à la recherche d'Arax, le bélier. Monte et Barlow, son associé, avaient ouvert une affaire à Boulder City, un village reculé. Barlow avait été tué au cours d'un combat contre les Conquérants qui avaient tenté de s'emparer du talisman du bélier. Plus tard, pendant la guerre, Monte avait combattu aux côtés des Capes-Vertes contre les Conquérants dans le Stetriol. Après la victoire, il était retourné dans l'Amaya pour ouvrir un nouveau commerce à Concorba.

Rollan était impatient de voir le bon vieux Monte, avec son crâne chauve et sa gaieté contagieuse, mais la grille du magasin était baissée.

– Vous le trouverez pas ici, annonça une voix sèche.

Rollan et Conor se tournèrent vers un vieillard en haillons assis sur le bord du trottoir, ses pieds nus sur la chaussée.

– Où est-il ? s'enquit Rollan.

– Euh, attendez que je me souvienne.

Il tendit une main sale, exigeant de se faire payer pour ses informations.

Dans un soupir, Conor lui donna quelques pièces ; trop selon Rollan.

Le vieillard examina l'argent dans sa paume.

— Euh..., grommela-t-il en fixant les deux garçons de ses yeux injectés de sang. Monte est votre ami ?

— Ça ne vous regarde pas, gronda Rollan, avant que Conor ne puisse répondre.

Il savait que son ami ne saurait pas gérer ce genre de situation.

— Où peut-on le trouver ? Pourquoi sa boutique est-elle fermée ?

Le vieil homme pinça les lèvres.

— Tout doux, mon garçon.

Il haussa les épaules.

— Des gardes sont venus. Ils ont arrêté Monte, l'ont emmené. Ça fait quelques jours.

— Des gardes ? répéta Conor. En noir ? Avec des cols et des manchettes en cuivre ?

— Ouaip, confirma le vieillard, enthousiaste. Ils ont dit qu'ils obéissaient aux ordres de la première ministre de l'Amaya. Ils devaient arrêter tous les

Capes-Vertes qu'ils trouvaient. Apparemment, Monte a de sérieux problèmes.

Il plissa ses yeux chassieux.

– Vous n'en connaissez pas, des Capes-Vertes, par hasard ? Ils offrent une jolie récompense pour des informations.

– Non, bredouilla Conor rapidement. On ne sait rien sur les Capes-Vertes. On n'en a jamais rencontré. Je ne suis même pas sûr que je pourrais...

– Bon, merci, l'interrompit Rollan en attrapant Conor par le bras pour l'entraîner dans la rue avant qu'il ne les trahisse tous les deux. Moins on en dit, mieux c'est, Conor.

Comme son ami lui adressait un regard d'incompréhension, Rollan enchaîna :

– Si tu mens, évite de donner trop d'explications. C'est comme ça que tu vas te faire prendre.

– Je sais, répliqua Conor, contrit. J'avais tellement l'impression qu'il savait qui on était... Tu ne penses pas qu'il nous soupçonnait ?

– Peut-être.

Rollan regarda par-dessus son épaule. Il ne vit plus personne devant le magasin de Monte. Pas bon

signe, ça. Le vieillard s'était empressé d'aller raconter que deux garçons posaient des questions sur un
de leurs amis Capes-Vertes. Les Oathbound n'allaient
pas tarder à en avoir vent.

Il fallait qu'ils se dépêchent.

Et Rollan devait bien reconnaître que ses amis, et
Worthy, avaient eu raison. S'ils avaient porté leurs
capes, ils se seraient déjà fait arrêter.

Hâtant le pas, ils trouvèrent un autre magasin qui
vendait des articles pour le voyage. Particulièrement
curieux, le vendeur les interrogea sur leur destination. Quand Conor commença à répondre honnê-
tement, Rollan lui donna un coup de coude pour
qu'il se taise et répondit qu'ils partaient pêcher sur
la côte.

Ils sortirent de la boutique, chargés de matériel,
des sacs remplis sur chaque épaule. En chancelant
sous le poids de leurs marchandises, ils se dirigèrent
vers le quartier le plus pauvre de la ville. La poussière tourbillonnait à leurs pieds dans l'étroite allée,
où les maisons n'étaient guère que des huttes, et où
des chiens rachitiques grognaient sur eux avant de
s'enfuir.

Rollan salua d'un hochement de tête quelques visages familiers. Il avait grandi ici, après tout. Les gens allaient forcément le reconnaître comme un des héros de l'Erdas.

— C'est pas bon, affirma-t-il, les dents serrées. La plupart des habitants de la ville savent que je suis un Cape-Verte.

— Il faudrait peut-être qu'on parte tout de suite, répliqua Conor, inquiet.

— On fait encore un arrêt, ce ne sera pas long, promit Rollan.

— Où est-ce qu'on va ?

— Au bout de la rue.

Quelques mois plus tôt, il avait reçu une lettre de sa mère qui lui expliquait ce qu'elle faisait depuis la fin de la deuxième guerre contre le Dévoreur.

— Ma mère a ouvert une école. Elle est juste là.

Conor fronça les sourcils. Il avait rencontré Aidana, pas étonnant que cette information le surprenne.

— Une école ?

— Oui, répondit Rollan, qui fit encore quelques pas avant de s'arrêter net. Écoute, tu sais que j'étais un gosse des rues, ici. Ma mère m'a abandonné parce qu'elle ne pouvait pas s'occuper de moi. Elle souffrait de la maladie du lien et se disait que je serais mieux sans elle.

Conor hocha la tête.

Ce n'était pas facile d'aborder le sujet, mais Rollan prit sur lui et continua :

— Je sais qu'elle s'est sentie coupable très long-temps.

Il montra du doigt un bâtiment en grosses briques.

— Elle n'a pas eu la chance de m'aider, alors, elle essaye de se racheter auprès d'enfants défavorisés. Elle a ouvert une école gratuite, expliqua-t-il en haussant les épaules. Peut-être qu'on y trouvera des informations utiles.

— Et comme ça, tu la verras aussi, ajouta Conor.

— Oui, aussi, reconnut Rollan.

Ils posèrent leurs lourds sacs sur la terrasse devant l'école. Juste avant d'entrer, Rollan s'arrêta.

— Vas-y, toi. Il faut que je fasse quelque chose.

Conor acquiesça et passa le seuil.

Rapidement, Rollan fouilla dans une petite besace qu'il portait sur l'épaule et en sortit sa cape.

Elle n'était pas aussi usée et délavée, quelques mois plus tôt, quand Tarik et lui avaient été retenus prisonniers par les Conquérants et que lui seul avait réussi à s'échapper par un trou trop étroit pour son mentor. En envoyant Rollan se mettre à l'abri, Tarik avait placé sa cape sur les épaules du jeune garçon. Très peu de temps après son sacrifice, Rollan s'était engagé dans les rangs des Capes-Vertes, et s'était uni à ses camarades dans un objectif commun.

Rollan n'oublierait jamais la douleur des adieux avec l'homme qui était devenu comme un père pour lui. Même s'ils devaient se montrer le plus discrets possible, il n'abandonnerait jamais sa cape. Il la fourra au fond d'un sac de marchandises, avant de rejoindre Conor dans l'école.

Alors qu'il quittait la lumière vive de l'extérieur pour pénétrer dans la salle sombre, tous les regards se tournèrent vers lui. Les élèves étaient installés sur des bancs en deux rangées séparées par une allée centrale. Chacun tenait un carnet et un stylo. Assis sur un banc, Conor avait l'air d'un étudiant, lui aussi.

Et Rollan vit sa mère, devant la classe, face au tableau noir sur lequel elle écrivait des nombres à la craie. Ses cheveux étaient attachés en une longue tresse qui descendait dans son dos.

Sa mère, qui enseignait les maths. Il avait vu beaucoup de choses étranges au cours de sa vie, mais là, ça dépassait tout.

– *Psst*, appela une gamine en lui tapotant la jambe avec un doigt.

Originaire du Nilo, elle avait une natte très serrée et une robe couleur sable.

– Assieds-toi vite, ou tu auras des ennuis, dit-elle en laissant une place à Rollan à côté d'elle. Je m'appelle Ngozi, ajouta-t-elle.

– La prof est très sévère ? demanda-t-il dans un murmure.

Quand elle hocha la tête, une autre fille, apparemment de l'Amaya, leur fit les gros yeux.

– Notre prof est sensationnelle ! affirma-t-elle.

– Pourquoi ? demanda Rollan en réprimant un sourire.

– J'adore les maths ! répondit-elle. Et madame Aidana sait les enseigner comme personne.

La fille portait de jolis vêtements colorés et elle avait des cheveux longs qu'elle peignait sûrement exprès à la façon de la mère de Rollan.

— C'est Sora, la présenta Ngozi en grimaçant.

— Comment avez-vous trouvé son école ? interrogea Rollan.

— C'est elle qui nous a trouvées, commença Ngozi. Parce que...

— *Chut*, lâcha Sora, furieuse. On ne doit pas parler de ça aux *inconnus*, gronda-t-elle en fusillant Rollan du regard.

Rollan sourit quand sa mère se tourna en expliquant sa leçon de maths. En le voyant, elle se figea. La craie lui tomba des doigts.

— Ça va chauffer pour toi, chuchota Ngozi.

— C'est rien de le dire, répondit-il, un large sourire aux lèvres.

— Nous étudions donc les nombres, déclara sa mère à haute voix. Et en particulier le *un*.

— Vous allez voir, dit-il à Ngozi et Sora, avant de se lever.

Sa mère avait les mains sur les hanches.

– Le un, répéta-t-elle. C'est le nombre de lettres que mon fils m'a écrites au cours des trois derniers mois.

Tous les enfants le dévisagèrent, éberlués.

Rollan souriait de plus belle.

– On voyageait, se justifia-t-il.

– Ça n'excuse rien, rétorqua-t-elle, l'air faussement fâché.

Elle ouvrit alors les bras et Rollan dévala l'allée centrale pour s'y jeter. Après l'avoir serré contre elle, elle le fit reculer pour pouvoir le contempler. Du bout du doigt, elle suivit la cicatrice sur son visage.

– Tu as grandi, commenta-t-elle doucement.

Elle avait quelques rides en plus au coin des yeux, mais était encore plus belle que dans son souvenir.

Elle pencha la tête.

– Tu voyageais, alors ? reprit-elle en souriant. Avec cette adorable jeune fille ? Meilin ?

Rollan sentit ses joues s'empourprer.

– Maman ! protesta-t-il.

– Madame Aidana, appela un grand rouquin depuis le fond de la classe.

— Oui, Jean-Luc, répondit-elle sans détacher les yeux de son fils.

— Il y a un groupe d'agents en noir dehors, annonça-t-il. Ils ont des épées. Et des cols brillants.

Conor se leva d'un bond. Il croisa le regard de Rollan.

— Des Oathbound ! s'écria-t-il.

— Vous avez des ennuis ? demanda la mère de Rollan.

Elle agita la main.

— Peu importe. Bien sûr que vous en avez. Il faut que vous vous enfuyiez ?

Quand Rollan lui répondit d'un hochement de tête, elle lui montra la porte au fond de la salle.

— Vite, par là !

Conor accourut dans l'allée centrale. Rollan le retrouva à la porte, que sa mère ouvrit grand. Elle donnait sur une allée. Une silhouette vêtue de noir avançait par la droite.

Rollan s'arrêta pour serrer une nouvelle fois sa mère dans ses bras.

— Écris-moi, exigea-t-elle. Dépêchez-vous !

Rollan et Conor partirent vers la gauche et se ruèrent vers le devant de l'école, suivis de près par le garde.

Cinq Oathbound de plus dégainèrent leurs armes.

Affolé, Rollan regarda par-dessus son épaule. L'homme de main, dans l'allée, n'était plus très loin.

Ils étaient encerclés !

Le héros

Worthy poussa un grognement.

Rollan et Conor, des Capes-Vertes ?

Des imbéciles, oui. Tellement bêtes !

Bien évidemment, les Oathbound connaissaient l'école de la mère de Rollan. Même si Aidana n'était pas une Cape-Verte, tout le monde savait que son fils l'était. Mais ces deux crétins, chargés comme des mulets, s'y étaient rendus en plein jour.

Heureusement que Worthy avait eu le temps de cacher leurs affaires dans une allée adjacente avant que les Oathbound n'arrivent.

Il avait suivi les deux garçons dans la ville, ignorant les mines stupéfaites des passants. Depuis le jour où il avait adopté le masque des Capes-Rouges, depuis le jour où il n'avait plus été capable d'invoquer Elda, son animal totem, il s'était habitué aux regards. Et soudain, ses yeux s'étaient mis à changer, des griffes rétractables avaient poussé sur ses mains, et ses nuits étaient devenues agitées, l'instinct de chasseur de son gros chat le tenant en éveil. Ses cheveux étaient plus lisses et foncés...

... et personne ne devait savoir qu'il avait désormais une queue.

C'était l'occasion pour lui de prouver à Conor et aux autres qu'il méritait de se joindre à eux. Dommage pour sa gaffe au sujet de la cape de Rollan. Abéké lui avait expliqué pourquoi il aurait mille fois mieux fait de se taire. Rollan avait été tiré de la rue par Tarik, qu'il avait fini par considérer comme son père. Et Tarik avait été tué devant ses yeux, ne laissant au pauvre garçon que sa cape verte.

Donc, en effet, il voyait l'importance de ce bout de tissu.

Il réparerait cette erreur. Il finirait par gagner leur confiance, à tous.

Au moins, Abéké lui parlait. C'était une chasseuse, mais elle était aussi sage et gentille. Maintenant qu'il la fréquentait en tant qu'alliée, il comprenait pourquoi Shane avait été amoureux d'elle, même s'il avait refusé de se l'avouer.

Mais la belle et inquiétante Meilin ? Il avait gardé ses distances avec celle-là. Elle pouvait probablement le démolir avec son petit doigt. Vraiment terrifiante. *Brrr.*

Il n'avait pas encore d'idée arrêtée sur la timide fille au caméléon, Anka. Mais les Capes-Vertes semblaient lui faire confiance.

En tout cas, pour le moment, Worthy devait venir en aide aux garçons.

Accroupi dans une allée avec les sacs de marchandises empilés derrière lui, il sentait l'état d'alerte gagner ses sens aiguisés de panthère. Les six Oathbound se ruaient dans la cour devant l'école. Leur chef fit un geste, et l'un d'entre eux se dégagea du groupe pour contourner le bâtiment.

Une embuscade.

Worthy entendit un hurlement et vit Rollan et Conor arriver en trombe au coin de l'école. Ils s'arrêtèrent net en apercevant les cinq sbires. Le sixième avançait derrière eux. Rollan sortit son petit couteau de sa botte. Ça ne suffirait pas.

Excellent, songea Worthy.

Le cercle des Oathbound se refermait sur les garçons, leurs épées étaient brandies. Leur chef, un grand type dégingandé, était un Marqué. Un immense oiseau noir, sûrement un vautour, s'agrippait à son épaule.

Six adultes, armés et entraînés, contre deux gosses débiles qui n'avaient même pas encore rappelé leurs animaux. Worthy attendit encore un instant, pour qu'ils prennent bien conscience du danger qui les menaçait, avant son intervention héroïque. Il s'assura que sa longue queue de panthère ne s'était pas libérée. Tout était en place.

À l'instant même où le Marqué allait attraper Rollan, dans un éclair de lumière, Essix apparut,

hurlant et plantant ses puissantes serres dans le visage de l'assaillant qui retomba lourdement en arrière. Puis le faucon prit de l'altitude pour attaquer le vautour qui avait maladroitement abandonné son perchoir. Rollan para un coup de couteau qu'avait tenté de lui porter une garde et d'un croche-pied, il l'envoya à terre.

Cette figure-là, c'était sans aucun doute la terrifiante Meilin qui la lui avait enseignée.

La femme s'éloigna de Rollan et, après s'être prudemment redressée, s'enfuit dans la rue.

Entre-temps, Conor avait appelé Briggan, qui bondit de son bras en montrant les crocs. Il neutralisa aussitôt un Oathbound en le blessant à l'épaule. Conor attrapa le couteau que lui avait lancé Rollan et esquiva l'épée d'un autre garde.

De deux contre six, ils passèrent rapidement à deux contre trois et Conor repartait déjà au combat avec la vitesse et l'agilité que Briggan lui apportait dans sa forme active.

Mince, se dit Worthy. Il valait mieux qu'il ne tarde pas à participer à la bagarre s'il voulait jouer les héros, parce que d'ici peu, les garçons n'auraient plus besoin de lui pour se sauver.

D'une humeur particulièrement légère, il sortit de sa cachette. Avec un bond de panthère, il se rapprocha suffisamment pour planter ses griffes dans le bras d'un Oathbound. Il sauta ensuite pour se retrouver derrière le garde qui s'en prenait à Rollan. En rugissant, il le frappa violemment à la tête. L'Oathbound chancela avant de s'écrouler à terre. L'homme contre lequel Conor s'était battu gisait dans la poussière, tremblant, les puissantes pattes de Briggan sur son torse.

Worthy, Conor et Rollan eurent le temps de se dévisager l'espace d'un moment de répit.

Au-dessus de leurs têtes, Essix poussa un hurlement perçant.

– Il en arrive encore ! avertit Rollan, les yeux plissés.

Worthy comprit qu'il voyait à travers le regard de son faucon.

Les trois firent volte-face et aperçurent neuf nouveaux Oathbound en uniforme noir qui accouraient dans la rue, guidés par la garde qui s'était échappée.

Oh-oh, songea Worthy. Elle ne s'était pas du tout enfuie, elle était allée chercher du renfort.

Trois contre dix, c'était une autre paire de manches. Non, pas dix, mais douze. Deux des membres de l'embuscade de départ se relevaient, leur épée à la main.

Rollan et Conor se placèrent en position défensive, dos à dos.

– Reste avec nous ! cria Rollan à Worthy, comme si c'était eux qui allaient le protéger.

Les deux garçons étaient à bout de souffle. Conor tenait fermement son petit couteau, seule arme à leur disposition. Essix se posa sur l'épaule de Rollan. Worthy le vit vaciller sous le poids de son animal totem, qui enfonçait les serres dans son épaule. Briggan s'accroupit aux côtés de Conor, prêt à attaquer.

Worthy se posta tout près d'eux.

– C'est quoi votre plan ? demanda-t-il.

– Euh, faire en sorte qu'ils ne nous capturent pas, répondit Rollan.

Le chef des Oathbound, le grand Marqué avec le vautour, séparait ses hommes en trois groupes.

– Pas de plan, lança Conor rapidement. On ne pourra pas en venir à bout. Il faut qu'on parte d'ici.

– Oathbound ! hurla le chef, son vautour perché sur son épaule. À l'attaque !

À cet ordre, l'oiseau déploya ses ailes et s'élança dans les airs, avançant vers les enfants au même rythme que les soldats en noir avec leurs armes à la main. Principalement des épées, mais aussi quelques lances pour rendre le combat encore plus intéressant.

Worthy sortit ses griffes et se prépara à passer à l'action.

Les Oathbound se ruèrent sur eux.

En rugissant, Briggan bondit sur un garde, qui perdit son épée.

Au-dessus d'eux, le vautour s'en était pris au faucon, beaucoup plus petit que lui. Les deux oiseaux se percutèrent et tombèrent au sol dans un nuage de plumes. Le vautour, sans cordes vocales, lâcha un sifflement guttural en tentant de taillader Essix avec son bec. Worthy entendit le faucon hurler furieusement, alors qu'il s'élançait dans les airs, poursuivi par le lourd vautour.

Worthy évita habilement une lance et frappa à la tête son assaillante, qui s'écroula presque gracieusement. Le Cape-Rouge pivota ensuite sur lui-même juste à temps pour voir Rollan se battre à mains nues avec un soldat qu'il avait dû désarmer. Un autre Oathbound arriva sur le côté du jeune garçon, le blessant au bras de la pointe de son épée. Déséquilibré par le coup, il ne vit pas le poing qui lui arrivait en pleine figure.

Rollan tomba au sol et roula pour s'éloigner de ses agresseurs, secouant la tête comme s'il était sonné. Du sang coulait de son bras. Il posa une main sur la plaie ouverte, mais sans parvenir à colmater l'entaille.

– Je suis touché, lâcha-t-il en adressant un regard désemparé à Worthy.

Et soudain, il ne s'agissait plus de jouer les héros.

Rollan était blessé.

Conor et Briggan encerclés.

Il était temps de se battre pour de bon.

Arrachant son masque, Worthy poussa un rugissement de défi. L'espace d'un instant, les Oathbound furent décontenancés par sa fureur, par ses yeux dorés et par les griffes qui sortaient de ses doigts. Pourtant, un ordre aboyé par leur chef les obligea à se ressaisir et ils repartirent à l'assaut.

Ça suffit, songea Worthy en se ruant sur eux. Il aurait beau se défendre de son mieux, ils étaient trop nombreux. C'était après Rollan et Conor qu'ils en avaient. S'il fuyait maintenant, les gardes ne tenteraient sûrement même pas de le rattraper. Mais il n'allait pas abandonner les Capes-Vertes. Il ferait tout ce qui était en son pouvoir pour les tirer d'affaire.

Au moment même où les soldats chargèrent, la double porte de l'école s'ouvrit et trois élèves, ainsi qu'Aidana en sortirent.

Les trois enfants étaient des Marqués !

Aidana écarta les bras et son animal totem, un corbeau, s'envola dans les airs. Avec un cri strident, il rejoignit Essix dans son combat contre l'immense vautour. Aidana se lança également dans la bataille, aux côtés de son fils. Elle retira son écharpe de son cou et l'enveloppa autour du bras de Rollan.

Ses trois élèves faisaient preuve d'une habileté prodigieuse, Worthy le remarqua aussitôt. En luttant contre le chef des Oathbound, la jeune fille de

l'Amaya invoqua un flamant, qui battit maladroitement des ailes et vint épauler dans le ciel le faucon de Rollan et le corbeau de sa mère. Au même moment, un grand gars de l'Eura tira de son fourreau une longue épée. Son animal totem, un cerf aussi roux que lui, se jeta sur un Oathbound, les bois en avant.

La troisième étudiante, une fille du Nilo, avec un calme et une précision exemplaires, sortit de sa manche un poignard qu'elle lança sur les gardes. À ses pieds apparut un petit renard gris avec de grandes oreilles. Worthy l'entendit japper : il désignait les cibles pour les couteaux de son humaine !

Manifestement, la mère de Rollan enseignait plus que les maths dans son école. Un jour, ses élèves deviendraient de vaillants Capes-Vertes.

Les combats faisaient rage autour de Worthy et il déploya toute sa force et sa vitesse de panthère. Malgré l'aide d'Aidana et de ses trois élèves, Worthy, Rollan et Conor ne pouvaient pas rivaliser. Ils avaient juste l'ouverture nécessaire pour s'enfuir.

À l'entrée de l'allée dans laquelle Worthy s'était caché, Briggan aboya bruyamment pour qu'ils se replient.

– On doit courir ! hurla Worthy.

– Oui, partez ! confirma Aidana en se défendant avec son bâton. Jean-Luc, appela-t-elle. Attention, il y en a un derrière toi !

Elle pivota sur elle-même et cria dans la direction des quatre enfants qui s'échappaient :

– On les retient ! Courez !

Rollan se précipita dans l'allée, Essix sur son épaule. Un instant plus tard, Conor le rejoignit en faisant signe à Briggan de venir. Worthy ramassa son masque dans la poussière avant de bondir pour reprendre les sacs de provisions. Il en tendit un à Conor et laissa Briggan les mener dans le dédale de ruelles. Les bruits de la bataille retentirent encore un moment derrière eux.

– À gauche ici, lança Rollan, haletant. Ensuite tout droit.

Ah oui, se rappela Worthy. Rollan avait grandi à Concorba. Enfant des rues, il connaissait sûrement l'endroit comme sa poche. Il regarda par-dessus son épaule et vit que Rollan avait du mal à suivre. Rétractant ses griffes, il attendit qu'il le rattrape.

– On peut souffler une seconde, proposa-t-il en posant ses marchandises.

Sa queue avait tenté de s'échapper, il la rangea rapidement avant que les deux Capes-Vertes s'en aperçoivent.

Rollan hocha la tête et s'appuya contre un mur en brique, la respiration saccadée. Il avait un gros bleu sur la joue, là où l'Oathbound l'avait cogné. Sur son bras, l'écharpe de sa mère était imbibée de sang.

Conor se tourna et posa à son tour son sac. Il lui suffit d'adresser un regard à son loup pour qu'il prenne sa forme passive.

– Mieux vaut ne pas nous faire remarquer, maintenant.

Les trois garçons tentaient de se remettre de leurs émotions dans l'allée ombragée. Worthy tendit l'oreille, mais aucun son ne lui parvint en provenance de leurs poursuivants. Il ne perçut que l'agitation du marché tout près et les sabots d'un cheval sur les pavés.

– Je pense que la voie est libre, annonça-t-il.

– Pour l'instant, acquiesça Rollan. Mais ils vont arriver.

Worthy hocha la tête.

– Heureusement que tu t'es rappelé de prendre les marchandises, le complimenta Conor.

Worthy pencha la tête pour attacher son masque, trop gêné par le commentaire du Cape-Verte. Peut-être que la glace entre eux commençait à fondre. De son pied, il approcha un sac de Rollan.

– Je savais qu'il fallait surtout pas que je l'oublie, celui-là.

Son masque sur le visage, il tourna la tête vers le garçon sans rien ajouter.

Il avait vu ce que Rollan y avait rangé.

Rollan contempla un instant le sac sans rien dire et finit par faire un petit signe de remerciement. Il regarda ensuite dans la direction d'où ils étaient venus.

– J'espère qu'elle va bien.

Ohhh. Worthy comprit soudain. Bien sûr, Rollan avait eu conscience du danger, mais il n'avait pas résisté à la tentation de voir sa mère. Il l'aimait. Exactement comme il avait aimé ce Tarik dont ils parlaient tous.

Devin Trunswick n'avait jamais manqué de rien, il avait grandi dans une maison luxueuse, au sein d'une famille aimante. Il savait qu'il deviendrait comte. Et pourtant, il en avait toujours voulu plus.

C'était cet appétit insatiable qui l'avait conduit droit vers les Conquérants.

Quand Devin avait finalement perdu tout ce qu'il avait pensé vouloir, il avait découvert ce qui comptait réellement. Une personne dans sa vie l'avait toujours aimé, même quand il avait commis l'erreur de s'engager dans l'armée ennemie. Son frère, Dawson.

C'était pour Dawson que Devin avait décidé de devenir Worthy.

Rollan, au contraire, avait grandi sans rien, même pas une famille. Les gens qu'il aimait étaient ce qu'il avait de plus précieux.

Worthy déglutit.

– Je suis désolé pour tout à l'heure, bredouilla-t-il, son regard se posant sur le sac.

Rollan hocha la tête.

– Pas grave, répliqua-t-il.

Il étudia Worthy un moment, avant d'afficher un petit sourire.

– Tu as miaulé pendant la bataille, je me trompe ?
Worthy plissa les yeux. Rollan le taquinait-il ?

– J'ai pas miaulé du tout, se défendit-il.

– Mais si, renchérit Conor, sérieusement.

– Tu vois, Worthy ? insista Rollan. On aurait dit
un gros chat à qui on tire la queue.

– N'importe quoi. Mais il n'est pas faux que je
rugis quelquefois.

Et soudain, il prit conscience que Rollan l'avait
appelé par son vrai surnom. Même Conor avait plai-
santé avec lui.

En rendant son sourire à Rollan, il se dit que
peut-être, enfin, il venait de prouver sa valeur aux
deux Capes-Vertes.

Colle

Il me faut plus de flèches, déclara Abéké.

À ses côtés, Uraza se leva et s'étira avant de s'allonger de nouveau dans un carré de soleil. Ses yeux violets se refermèrent, lourds de sommeil.

– Il nous faut plus de tout, renchérit Meilin en inspectant la lame de son épée, qu'elle venait d'aiguiser.

La lumière se reflétait sur le métal poli. En rangeant l'arme dans son fourreau, la jeune fille se redressa.

– Rollan et Conor devraient déjà être de retour avec les marchandises.

Et Worthy.

Le Cape-Rouge s'était entretenu rapidement avec Abéké avant de disparaître. Elle imaginait bien qu'il avait dû suivre les garçons à Concorba. Pour *aider*, comme il n'arrêtait pas de répéter.

Et en parlant de disparaître... Meilin balaya du regard la clairière dans laquelle elles attendaient.

Un mouvement attira son attention et Meilin aperçut la silhouette d'Anka, à peine visible contre l'écorce de l'arbre sur lequel elle était appuyée.

Pour l'instant, la Cape-Verte avait été pour eux un atout précieux. Mais Meilin avait depuis longtemps cessé de considérer les gens comme des ressources à utiliser. Peut-être Anka deviendrait-elle une amie aussi.

Meilin s'étira et esquissa quelques figures de combat pour faire un peu d'exercice.

— Anka, tu veux t'entraîner avec moi? demanda-t-elle en s'interrompant un instant.

— Non, répondit la fille, tranchante. Je ne me bats pas. Je me cache.

Meilin hocha la tête et vint s'asseoir à côté d'elle.

— Tu ne veux pas mettre ton caméléon dans sa forme passive? J'aimerais voir à quoi tu ressembles.

Le silence s'installa. Meilin savait qu'Abéké écoutait ce qu'elles se disaient.

— Personne ne me voit comme je suis, rétorqua alors Anka, sans la pointe d'agressivité qu'on sentait toujours dans sa voix.

— Parfois, il n'est pas nécessaire de se cacher, affirma Meilin.

— Je voudrais te voir, moi aussi, renchérit Abéké.

— D'accord, lâcha la Cape-Verte tout bas.

Dans un éclair, le caméléon s'afficha sur sa peau.

Meilin vit Anka prendre forme devant ses yeux, immobile. La jeune fille devait être habituée à faire le moins de mouvements possible pour ne pas être repérée. À découvert, elle portait sa cape sur les épaules et avait les jambes et les bras croisés. Le tatouage du caméléon s'enroulait sur son poignet tel un bracelet.

Ses cheveux noirs très courts se dressaient en pointes sur sa tête. Elle avait des yeux marron foncé, un visage rond et ordinaire, et...

— Oh, mais tu viens du Zhong ! s'exclama Meilin, ravie.

— Tu as remarqué, lâcha Anka, sèchement.

— Je l'aurais remarqué avant, si tu m'en avais donné l'occasion, répliqua Meilin.

Et elle comprit pourquoi Anka ne savait pas se battre. Dans le Zhong, on n'enseignait pas aux filles les arts martiaux.

— Laisse-moi t'apprendre quelques techniques de combat, Anka, insista-t-elle en se levant. Qui sait, tu seras peut-être contrainte de te battre un jour ou l'autre.

Elle s'immobilisa devant Anka, très droite, et donna un rapide coup de pied dans l'air avant de retrouver sa position de départ.

— Tu vois ? Tu pourrais assommer quelqu'un sans même qu'il sache que tu es là. Par surprise. Lève-toi, je vais te montrer.

— Si tu insistes, céda Anka, sans enthousiasme, mais Meilin sentit tout de suite qu'elle était intéressée.

Elles passèrent une heure à pratiquer. Anka se montra maladroite au début, mais elle apprenait vite. Meilin lui enseignait comment frapper un adversaire à la gorge, le neutraliser, quand soudain, Uraza leva la tête, les oreilles dressées. Le bout de sa queue se mit à remuer.

Meilin entendit alors le froissement des feuilles qu'on piétine. Quelqu'un approchait sans aucune discrétion. Abéké se leva, calant sa dernière flèche sur la corde de son arc.

Mais ce furent les trois garçons qui sortirent des arbres, les bras chargés de provisions. Meilin se détendit.

Elle examina tout d'abord Rollan. Son visage était contusionné et elle vit tout de suite le bandage de fortune trempé de sang.

– Je veux bien un peu de bave de Jhi, lança le jeune garçon en se tenant le bras.

Il affichait un grand sourire pour qu'elle ne s'inquiète pas.

– Vous avez eu des ennuis ? demanda Abéké.

Conor hocha la tête et posa ses sacs sur le sol tapissé de feuilles.

— Worthy avait raison...

— Vous avez entendu ça ? se réjouit le Cape-Rouge. Moi ! J'avais raison !

Il se frappa le torse, victorieux.

Conor l'observa un long moment, avant de lui ébouriffer les cheveux.

— Bref. Les Oathbound sont à notre recherche. Wikam le Juste était à leur tête.

Il s'agenouilla et se délesta d'un autre baluchon. Il le tendit à Abéké.

— Des flèches.

— Ah merci ! lança la jeune fille en se jetant dessus et en les examinant une à une.

Elle voulait s'assurer qu'elles étaient bien conçues et qu'elles voleraient droit.

Assis par terre, Rollan tenta de dénouer son bandage d'une seule main.

— On a eu un petit accrochage...

— C'est le moins qu'on puisse dire, renchérit Worthy.

Il s'était planté à la lisière de la clairière, les yeux rivés dans la direction d'où ils étaient arrivés.

– On n'a que quelques minutes. Il s'en est fallu de queue. De *peu*, pardon.

Quelque chose a changé, se dit Meilin. Elle s'accroupit auprès de Rollan pour l'aider à détacher l'écharpe. Les garçons traitaient désormais Worthy comme... un des leurs. Même Conor le regardait sans froncer les sourcils, et pourtant, il avait de bonnes raisons de détester Devin Trunswick. Manifestement, Worthy les avait convaincus pendant cette *petite bagarre*. Il avait dû se battre avec bravoure.

En retirant le bandage de Rollan, Meilin vit que l'entaille était aussi longue que sa main. Elle n'était pas profonde, mais saignait beaucoup. Elle devait être très douloureuse. D'un geste rapide, elle appela Jhi à sa forme active. Le grand panda bâilla et frotta ses yeux ensommeillés.

Rollan leva le bras.

– Tu pourrais me donner un peu de ta salive, l'ourse ? demanda-t-il.

Jhi renifla la blessure avant de la lécher trois fois avec sa langue rose.

Meilin vit Rollan s'apaiser. Oui, il avait eu très mal. Au moins, maintenant, il était soulagé et la plaie ne risquait plus de s'infecter. Meilin n'avait pas le temps de la recoudre, mais avec un peu de chance, elle trouverait un kit de médecine dans les affaires qu'ils avaient rapportées et elle s'en occuperait plus tard.

Soudain, Anka apparut à ses côtés. Dès que les garçons étaient arrivés, elle avait rappelé son caméléon et s'était volatilisée.

— Conor a dit que Wikam le Juste était à la tête des Oathbound. Il faut qu'on parte.

De son poste de guet, Worthy hocha la tête.

— Oui, confirma-t-il avant de s'adresser à Rollan. Ça va ?

— Très bien, répondit le garçon en baissant sa manche sur l'écharpe que Meilin avait renouée sur son bras.

Conor et Abéké ramassèrent chacun un sac. Meilin, Anka, Rollan et Worthy les imitèrent aussitôt.

— Allons-y, lança Anka, et ils se mirent en route.

En marchant d'un bon pas, en dormant peu et en n'allumant jamais de feu de camp, ils parvinrent à se maintenir à une bonne distance des Oathbound.

Les six avaient déjà traversé des épreuves aussi difficiles. Ils bénéficiaient de l'aide de leurs animaux totems et ils savaient voyager sans laisser de traces. Mais ils n'étaient pas à l'abri d'un espion venu du ciel.

De temps en temps, Rollan apercevait le vautour de Wikam le Juste qui flottait en larges cercles à faible altitude, ses ailes décharnées profitant des courants chauds, ses yeux avides et sa tête déplumée à l'affût, toujours à l'affût. Chaque fois qu'Essix poussait un cri d'avertissement, Anka s'arrêtait net pour camoufler les cinq enfants jusqu'à ce que le gros oiseau soit passé.

Tous les soirs, Rollan envoyait Essix vérifier où se trouvaient leurs poursuivants. Il fermait les yeux et chancelait sur ses pieds, jusqu'au moment où il grimaçait et rouvrait les paupières.

– Toujours à nos trousses, annonçait-il invariablement.

Les Oathbound étaient acharnés.

Les Capes-Vertes, avec Anka au premier rang et Worthy qui fermait la marche, parcouraient une terre jonchée de rochers rouges érodés auxquels l'érosion avait donné des formes étranges et bombées.

Rollan marchait deux pas devant Meilin. Il ferma les yeux et trébucha sur le sol pierreux.

– Aïe, grommela-t-il en levant la tête vers le ciel sans nuage. Essix vole vers le sud. Le vautour arrive.

Anka, qui avait pris une teinte rouge ocre comme le paysage, poussa une sorte de juron.

– Dépêchons-nous, ordonna-t-elle en indiquant un promontoire rocheux qui projetait son ombre sur le sol.

Rapidement, ils rappelèrent leurs animaux totems à leur forme passive et rangèrent leurs sacs de provisions dans la cachette. Ensuite, ils se serrèrent les uns contre les autres en attendant que le danger s'éloigne. Anka se figea et ils virèrent tous au rouge terreux des rochers.

La poussière en suspension dans l'air chatouilla les narines de Meilin, mais elle se retint d'éternuer. Assise entre Rollan et Abéké, elle attendit plusieurs minutes dans un silence assourdissant.

– Alors ? chuchota Anka à Rollan.

Il ne répondit rien, le temps de regarder les alentours à travers les yeux d'Essix.

– Il tourne toujours.

Ils se turent. La pierre s'enfonçait dans la peau de Meilin. Elle aurait voulu trouver une position plus confortable, mais elle ne voulait pas prendre le risque de trahir leur emplacement.

Après quelques minutes encore, Conor prit la parole sans pratiquement bouger les lèvres.

– Je me suis posé une question. Que se passera-t-il si les leaders de l'Erdas et les Oathbound parviennent à dissoudre les Capes-Vertes?

Ils réfléchirent tous. Meilin savait que, même si les gardes étaient leurs adversaires immédiats, ils avaient plus à craindre de ceux qui avaient engagé les Capes-Fausses, comme les appelait Rollan, pour saboter la réunion dans la Citadelle. C'était lui le véritable ennemi: l'intrigant qui avait fait porter la faute aux Capes-Vertes. Il utilisait les leaders et les Oathbound pour atteindre son objectif. Dissoudre les Capes-Vertes n'était peut-être qu'une partie de son plan.

– Vous vous rappelez les serments qu'on a prêtés en devenant Capes-Vertes ? demanda Abéké de sa douce voix.

– Oui, répondit aussitôt Rollan.

– *Chut !* les interrompit Anka.

Rollan se mit à chuchoter.

– Nous nous sommes engagés à rester unis et à défendre l'Erdas jusqu'à notre dernier jour.

– Exactement, confirma Abéké. Rester unis. C'est ce qu'Olvan a dit quand il nous a envoyés accomplir cette mission.

– Nous devons nous montrer loyaux les uns envers les autres, renchérit Conor.

– Pas seulement, continua Abéké. Nous autres, Capes-Vertes...

Elle chercha ses mots.

– Je ne sais pas comment l'exprimer. Nous sommes comme la colle qui retient tout l'Erdas et l'empêche de se décomposer.

– De la colle, t'es sérieuse ? demanda Rollan.

Meilin entendit Worthy réprimer un éclat de rire.

– Vous pourriez vous taire, s'il vous plaît ? intervint Anka, agacée. Ou en tout cas, essayer de ne pas

bouger pendant les dix prochaines minutes. Sauf si vous voulez que ce vautour nous voie.

Pendant qu'Anka se fâchait contre eux, Meilin vit l'ombre du grand oiseau se dessiner sur les rochers juste derrière leur cachette. Elle se figea et s'efforça de ne plus respirer.

Elle se souvint de ce que lui avait dit l'empereur du Zhong : la place des Marqués du Zhong était dans le Zhong. Il ne l'avait pas considérée comme une personne, comme Meilin, la fille du général Teng, mais comme un *atout*, une *ressource*.

– Si nous n'étions que des Marqués et pas des Capes-Vertes, nos pays finiraient par se servir de nous comme armes.

– Mais nous ne sommes pas en guerre, objecta Conor.

– Patience, ironisa Worthy. Ça ne va pas tarder.

Meilin savait qu'il avait raison. Sans les Capes-Vertes pour maintenir la paix, les grandes régions de l'Erdas allaient se fracturer. Tout éclaterait.

– Nous devrons nous combattre, déclara Conor, et Meilin sentit l'horreur dans sa voix.

Elle éprouvait la même indignation. Se battre contre Abéké? Contre Conor? Contre *Rollan*? Non. Jamais.

Mais s'ils n'avaient pas le choix?

– Ça dépend de nous, lança Abéké tout bas. Une force dont nous ignorons l'identité essaye de séparer les Capes-Vertes. Elle cherchera à nous diviser, comme elle veut diviser les grands continents de l'Erdas. Mais nous devons résister. Ensemble. Les présents nous aideront, à commencer par le Cœur de la Terre. Tout comme notre amitié. Nous sommes tout l'Erdas, unis contre l'adversité.

Le discours d'Abéké donna des frissons à Meilin. Elle avait toujours admiré la sagesse de son amie, mais là, elle parlait avec plus de profondeur encore. Ils affrontaient un ennemi inconnu qui avait déjà tué l'empereur du Zhong et qui s'en prenait aux Capes-Vertes. Il faisait tout pour les diviser. Pour les détruire à jamais. Après viendrait le chaos, la guerre, la mort.

Ils plongèrent dans un lourd silence plein d'effroi.

– Donc, tu dis qu'on doit être soudés comme de

la colle, murmura Rollan. Ce qui veut dire qu'on est coincés ensemble.

Meilin perçut la tension dans sa voix, même s'il tentait d'alléger l'atmosphère.

Elle bougea tout doucement la main sur la pierre froide jusqu'à ce que ses doigts frôlent ceux du jeune garçon.

Oui, Rollan, songea-t-elle. *On est coincés.*

Attaque sournoise

Le lendemain matin, ils quittèrent le plateau rocheux pour entrer dans une forêt dense avec de hauts pins et des cascades bruyantes. Rollan se rappelait avoir déjà traversé ce genre de paysage, lors de sa première mission avec les Capes-Vertes, avant même de s'être engagé officiellement. Ils avaient suivi la vision de Conor à la recherche d'Arax, le bélier, et de son talisman.

Dans cette partie de l'Amaya, l'air était sec et froid et le ciel d'un bleu profond, sans le moindre nuage.

Le lac dans lequel baignait l'île appelée le Cœur de la Terre n'était plus très loin, à ce que leur avait dit Anka. Ils devaient juste rester à bonne distance de Wikam le Juste et de ses Oathbound pendant encore quelques jours, et ils y seraient.

Et ensuite, ils espéraient tous qu'ils comprendraient comment *révéler* la pierre.

Rollan n'était toujours pas sûr de savoir ce que cela voulait dire exactement. La veille, Meilin l'avait de nouveau sortie de son linge et ils s'étaient réunis pour l'étudier.

– Qu'est-ce qu'on est supposés faire avec ça ? avait demandé Worthy.

– La révéler, avait répondu Meilin.

Ils avaient alors essayé de retirer les écailles qui la recouvraient.

– Non, ce n'est pas ça, les avait arrêtés Meilin. On va la casser.

Worthy l'avait laissée tomber et s'était penché pour la ramasser.

– C'est une pierre, comment veux-tu qu'elle se casse ? avait objecté Worthy.

Furieuse, Meilin lui avait retiré le présent des mains pour le ranger dans sa bourse.

Le garçon au masque avait haussé les épaules.

– Je voulais juste aider...

Après une journée de marche intensive, ils établirent un camp sommaire au bord d'un petit ruisseau qui courait bruyamment entre des rochers couverts de mousse. Ils se contentèrent d'un dîner froid de biscuits, de viande séchée et de pommes. Anka, évidemment, ne se montra pas. Conor mangeait en silence à côté d'Abéké, tout près de Briggan. Uraza montait la garde. Assis sur une bûche, Worthy jetait des brindilles dans l'eau.

Jhi, qui n'adorait pas voyager à ce rythme, était restée sous sa forme passive depuis le matin. Meilin la rappela dans un éclair de lumière. Les cernes noirs autour des yeux du panda lui donnaient un air presque triste.

Jhi avança lentement vers un arbre pour en dévorer les feuilles brunies d'automne.

– Ce n'est pas ce qu'elle préfère, commenta Rollan, dont la blessure avait presque entièrement cicatrisé.

Le bleu sur sa pommette rappelait tout de même encore la bagarre qu'il avait récemment livrée.

– Elle aurait été plus contente avec du bambou, confirma Meilin.

Rollan indiqua un endroit en amont.

– Essix a repéré une cascade là-bas. Tu veux qu'on aille y jeter un coup d'œil?

Meilin mit de côté l'épée qu'elle avait aiguisée avec minutie.

Worthy dirigea sur eux ses pupilles fendues.

– Vous allez où, Rollan et Meilin? demanda-t-il avec un rictus coquin. Ou devrais-je dire « Reilin »...

Rollan regarda la jeune fille par-dessus son épaule et vit qu'elle était devenue écarlate. Il savait qu'il rougissait aussi. Pour une fois, il n'avait aucune répartie sarcastique à lui servir. Il foudroya simplement Worthy de ses yeux rageurs.

Worthy éclata de rire, jusqu'à ce qu'il voie l'expression de Meilin.

– OK, OK, lâcha-t-il en glissant du tronc d'arbre sur lequel il était assis.

Rollan remonta le ruisseau, suivi par Meilin, qui laissa Jhi à son repas.

Reilin. L'imbécile !

Ils longèrent le cours d'eau dans un silence embarrassé, grimpant sur des rochers couverts de mousse, contournant des fougères et des pins, et atteignirent enfin les rives de galets d'un étang. L'eau fraîche et claire recueillait le torrent qui se déversait d'une fente sur la falaise au-dessus d'eux. Le bruit de la cascade était si fort que Rollan le sentit résonner dans ses os.

Il faisait plus froid ici, et un brouillard glaçant descendait de la cascade pour les entourer. Meilin frissonna et Rollan s'approcha d'elle. En silence, ils contemplèrent l'écume blanche se jeter dans l'étang pour devenir de la dentelle à leurs pieds. Rollan n'avait jamais rien vu de plus magnifique de toute sa vie.

Il fit encore un pas vers Meilin et murmura dans son oreille pour couvrir le grondement de l'eau.

Dans les cheveux de la jeune fille, des gouttelettes scintillaient comme des perles.

– Je me souviens de quelque chose que Tarik m'a dit : « Je veux connaître l'Erdas dans toutes ses formes de beauté. » Je suis du même avis.

Meilin hocha la tête ; son visage était paisible et sérieux.

– L'Erdas ne serait pas aussi beau s'il venait à être divisé ou en guerre.

Le jeune garçon baissa les yeux, de peur d'être troublé par le regard de son amie.

– Je ne supporte pas l'idée d'avoir à te combattre, madame Panda.

– Et je sais pourquoi, répliqua Meilin. Tu perdrais. Rollan rit. *Pas faux.*

Un sourire aux lèvres, Meilin fit un pas vers lui.

Ils s'étaient déjà embrassés une fois, mais dans un moment d'euphorie et de triomphe, et leur baiser n'avait pas duré plus de deux secondes. Peut-être moins. Allait-elle... étaient-ils sur le point de recommencer ?

Rollan se sentait mi-apeuré, mi-excité, mi...

Non, ça faisait trop de moitiés.

Tais-toi, se dit-il, et en se penchant vers Meilin, il ferma les yeux.

Un cri suraigu déchira l'air, plus fort encore que le grondement de la cascade.

Rollan recula et ouvrit grand les yeux.

Des hurlements leur parvenaient au milieu des rugissements de panthère de Worthy et d'Uraza et des cliquetis des armes.

– Le camp ! s'écria Meilin. Il doit être attaqué !

Ils rebroussèrent aussitôt chemin plus vite que la lumière, évitant les arbres, glissant sur la mousse. Le soleil n'allait pas tarder à se coucher, il devenait difficile d'y voir clair.

Meilin arriva la première au campement, Rollan sur ses talons. Leurs amis combattaient avec acharnement, mais ils étaient sur le point de perdre. La forêt autour d'eux grouillait d'Oathbound qui se cachaient dans la végétation. Sans approcher, ils envoyaient sur les Capes-Vertes et sur Worthy des épées, des poignards et des lances.

Briggan, silhouette grise dans le crépuscule, bondit sur la garde la plus proche et la plaqua au sol. Conor avait pris sa hache, mais il n'avait pas

d'adversaire sur qui l'abattre. Les assaillants ne s'exposaient pas, restant tapis dans l'obscurité croissante de la forêt.

Un cri retentit. Uraza s'était perchée dans un arbre, ombre mortelle, chasseuse discrète et rusée.

Une lance plantée dans la cape de Worthy le clouait au tronc sur lequel il s'était juché. Il luttait pour se dégager et repartir au combat.

Abéké venait d'armer son arc. De là où il se trouvait, Rollan vit un archer Oathbound la viser.

– Abéké ! Attention ! cria-t-il.

La flèche de l'ennemi fusa à travers le camp. Calmement, Abéké leva les yeux, et, avec une vitesse de félin, elle l'attrapa dans les airs, la tourna et la plaça sur son arc pour riposter immédiatement. Rollan entendit l'archer s'écrouler à terre.

Pendant ce temps, un autre garde s'était faufilé dans le camp, sa lance brandie. Il avançait derrière Conor.

Rollan sortit son long couteau et ouvrit la bouche pour mettre en garde son ami, quand Anka frappa le soldat en pleine mâchoire. Elle disparut aussitôt

après et l'homme s'effondra, du sang dégoulinant de son nez.

– Tu lui as appris ça ? demanda Rollan, impressionné, à Meilin.

– Baisse-toi !

Sans discuter, il s'exécuta. Il s'aplatit au sol, tandis que Meilin assenait un violent uppercut à l'endroit où s'était trouvée sa tête. Elle assomma ainsi le vautour qui avait piqué sur lui depuis le ciel. Sonné, l'oiseau chuta et battit des ailes maladroitement pour reprendre son envol.

Se redressant, Rollan entendit le cri indigné d'Essix. Elle détestait vraiment ce vautour. De toute la vitesse que lui procurait son lien avec le faucon, il s'élança dans la clairière.

– Bande de lâches ! hurla-t-il aux Oathbound qui se cachaient derrière les arbres.

Mais il en arrivait d'autres encore. Des flèches volaient dans tous les sens, n'atteignant jamais leurs cibles, sûrement grâce au pouvoir d'Anka. Une dague lui passa sous le nez pour s'enfoncer dans l'arbre derrière lui.

– Ils sont trop nombreux ! cria Meilin, qui se battait avec trois colosses à la lisière du camp.

– Replions-nous, ordonna Anka.

Elle n'était qu'une silhouette noire et verte.

– Venez !

– Mais, nos provisions ! protesta Worthy.

– On les abandonne !

Meilin désarma un adversaire, para une lance et courut rejoindre Anka. Briggan et Conor les suivirent, Worthy derrière eux.

Rollan partit, lui aussi, mais fit un détour pour récupérer le sac où il avait rangé la cape de Tarik. Une flèche s'y enfonça quand il le glissa sur son épaule. Il dépassa ensuite Abéké, qui gardait toujours son arc bandé pour couvrir leur retraite. Uraza arriva à sa hauteur. La jeune fille fit demi-tour et partit en courant.

Les cinq Capes-Vertes et Worthy s'enfuirent du camp, remontèrent vers la cascade et continuèrent à longer le ruisseau assez longtemps pour être sûrs de semer leurs poursuivants. À bout de souffle, ils s'arrêtèrent dans une clairière, des fougères jusqu'aux genoux. Le soleil se couchait. La lumière

faiblissante du soir baignait encore la forêt, mais bientôt, il ferait complètement nuit.

Rollan vit Conor pencher la tête. Il tendait l'oreille, son ouïe rendue plus perçante par son lien avec Briggan.

– Ils n'arrivent pas, annonça-t-il.

– Nous sommes tranquilles pour le moment, confirma Abéké.

Rollan tira du sac la flèche qui s'y était plantée et la lui tendit. Elle le remercia d'un hochement de tête en la rangeant dans son carquois. Il sentit la présence d'Essix sur une branche toute proche. Le faucon lissait ses plumes après son combat avec le vautour de Wikam le Juste.

– Tout le monde va bien ? demanda Meilin en inspectant son épée et en la frottant sur son pantalon avant de la ranger dans son fourreau.

Ses compagnons la rassurèrent d'un signe de la tête.

– Pourquoi nous ont-ils laissés partir ? demanda Rollan, perplexe.

– On était trop puissants ? suggéra Worthy en haussant les épaules. On s'est battus avec une telle force qu'ils ont eu peur...

Rollan leva les yeux au ciel, signifiant clairement qu'il n'avait jamais rien entendu d'aussi bête.

– Je suis sérieux, insista le Cape-Rouge. Vous avez vu comment Abéké a attrapé la flèche ?

Il fit le geste d'armer un arc.

– C'était incroyable !

– C'est vrai, concéda Rollan. Mais les Oathbound étaient cinq fois plus nombreux que nous.

– Ils auraient pu nous prendre sans problème, confirma Meilin.

Rollan était du même avis. Et soudain, il comprit ce qui se passait.

– Ils ne nous chassaient pas. Ils nous poussaient.

Il se tourna vers Abéké, la meilleure chasseuse du groupe. Elle était d'accord avec lui.

– *Oh !* Ce n'est pas nous qu'ils veulent ! renchérit-il.

– Qu'est-ce que tu racontes ? interrogea Worthy. Ils sont aux trousses des Capes-Vertes, ils arrêtent tous ceux qu'ils trouvent !

– Oui, oui, ils vont nous arrêter, nous aussi. À la fin. Mais ce qu'ils veulent avant tout, c'est la pierre.

Le présent. Wikam l'Injuste est sûrement au courant que nous avons le Cœur de la Terre.

Meilin voyait maintenant où il voulait en venir.

– Mais oui ! Ils attendent qu'on révèle la pierre, et ensuite, ils essaieront de nous l'arracher.

– Il ne faut surtout pas qu'on les laisse faire, affirma Conor, les sourcils froncés.

– On devrait peut-être se séparer, proposa Abéké. Conor et moi, on les emmènera vers une fausse piste pendant que Meilin et Rollan partiront vers l'île au milieu du lac.

– Avec moi, intervint Worthy.

– Non, riposta Meilin. Je sais qu'on a déjà dû se séparer par le passé, sur d'autres missions, mais pas sur celle-là. Rappelez-vous ce que Rollan a dit : nous sommes de la colle. Nous devons rester ensemble.

– Rester loyaux comme nous l'a demandé Olvan, ajouta Conor.

Anka sortit de l'ombre, ses traits toujours flous et difficiles à lire.

– Décidez-vous. Qu'est-ce qu'on fait ?

— On ne peut plus faire machine arrière, déclara Meilin. Les quatre présents sont la clé pour sauver les Capes-Vertes.

— Et sûrement plus que ça, renchérit Abéké.

— Alors, nous allons partir vers le lac, continua Meilin. Et une fois que nous aurons révélé la pierre, nous verrons comment échapper aux Oathbound. Anka nous aidera avec ses pouvoirs de dissimulation. D'accord ?

Ils acceptèrent tous.

— Peut-on se reposer ici ce soir ? demanda Worthy.

— Vérifions d'abord où se trouvent nos poursuivants, répondit Meilin. Rollan, tu peux jeter un coup d'œil ?

Le jeune garçon appela Essix. Les yeux ambre de son animal totem le scrutaient depuis une branche élevée d'un arbre voisin. Dans un bruissement, le faucon décolla, battant des ailes pour monter vers le firmament.

Rollan ferma les paupières, surmonta le vertige que lui causait le changement de point de vue, et observa la forêt à travers le regard d'Essix. À cette hauteur, le ciel à l'ouest s'habillait d'un voile

gris-rose là où le soleil s'était couché, et à l'est, la nuit s'épaississait à vue d'œil. La cascade, telle de la dentelle blanche, scintillait dans le crépuscule, et le ruisseau dessinait un ruban noir à travers les arbres sombres. Les yeux perçants d'Essix lui montrèrent les Oathbound dans le camp qu'ils venaient d'abandonner. Ils fouillaient dans leurs sacs, balançant leurs affaires par terre sans ménagement. Wikam le Juste les observait, les bras croisés. Ses épaules remontées paraissaient particulièrement osseuses.

— Ils cherchent la pierre, dit-il tout haut sans ouvrir les yeux.

Il essaya de les compter. En noir, ils n'étaient pas faciles à distinguer entre les arbres, mais ils devaient être au moins quinze avec Wikam. Quelques-uns avaient été blessés pendant le combat. Ils semblaient tendus.

Du coin de l'œil d'Essix, Rollan aperçut un éclair noir et le vautour de Wikam frappa le faucon sur le côté. Sa vision se brouilla quand Essix sombra. Mais l'oiseau se ressaisit rapidement et attaqua le vautour. Les serres en avant, Essix agrippa sa petite tête rouge ridée. De son bec crochu, fait pour étriper des cadavres, le vautour riposta. Rollan vit une giclée de sang avant qu'Essix ne libère sa proie et tombe en chute libre. Le vautour lâcha un sifflement de victoire.

La terre tourbillonna autour de Rollan à mesure que le faucon approchait du sol.

– *Essix !* hurla-t-il, pris de nausée.

– Qu'est-ce qui se passe ? demanda Meilin.

– Attends, lâcha-t-il, haletant, et il sentit une main se poser sur son épaule pour le soutenir.

Allons Essix, envole-toi !

L'espace d'un instant terrible, le faucon continua sa descente. Et soudain, Essix déploya les ailes, se servant d'un courant d'air pour planer. Rollan vit le vautour qui continuait à poursuivre sa compagne. Elle remonta et reprit de la vitesse pour s'échapper. Alors qu'Essix s'élançait dans le ciel, Rollan comprit que le vautour essayait de l'empêcher de voir ce qui les attendait.

À bout de souffle, il regarda ses quatre amis avec des yeux horrifiés.

– Nos poursuivants. Ce ne sont que des éclaireurs, affirma-t-il. Toute une armée d'Oathbound est déjà mobilisée. Et ils sont à nos trousses !

Altesse

Brunhild la Joyeuse, la chef des Oathbound, attendait à la porte.

— Votre Altesse, salua-t-elle avec une révérence.

La princesse Song ne se détourna pas du miroir. De ses cheveux lisses, soigneusement tressés, dépassaient des épingles serties de diamants. Elle avait le visage abondamment maquillé : les joues d'un rouge éclatant, les yeux soulignés de noir, le nez et les joues poudrés.

– Votre Altesse, répéta Brunhild.

Song examina son reflet. Parfait. Impassible, comme de la glace.

Pour s'adresser à une princesse, on devait employer « Votre Altesse ». Mais à un souverain, empereur, roi ou reine, c'est « Votre Majesté » qu'il fallait dire.

Que les leaders de l'Erdas continuent de s'adresser à elle ainsi n'était pas anodin, et elle le savait.

Son père, l'empereur, était mort. Le Zhong avait besoin d'une impératrice.

Levant le menton, Song étudia son visage. Chaque trait était exquis. Digne d'une *Altesse*, mais pas majestueux. Pas comme son père. Les gens ne s'adressaient pas à elle pour écouter ses conseils. Non, elle, elle inspirait *le calme*, *l'obéissance*, *la délicatesse*.

Song avait dit à Meilin qu'elle l'enviait, et c'était vrai. Même sans le maquillage d'une princesse, Meilin était magnifique, aussi magnifique qu'une épée brandie. Elle avait l'allure d'une

vraie impératrice. Puissante. Douée. Dangereuse. Mortelle.

Song savait qu'elle ne lui ressemblerait jamais.

Pour prendre sa place, pour aider le peuple du Zhong, elle devrait se montrer à la hauteur.

– Votre Altesse, répéta Brunhild depuis le pas de la porte.

Song s'autorisa à hausser un de ses sourcils soigneusement dessinés au crayon. C'était une expression que son père affichait souvent. Dans le miroir, elle vit la garde se trémousser, mal à l'aise.

– Votre Majesté, corrigea Brunhild.

Song ne se permit pas de sourire, malgré sa satisfaction.

Elle s'était acquis la loyauté de Brunhild. Les Oathbound lui avaient juré allégeance. Mais la route était longue jusqu'à ce que les leaders de l'Erdas la considèrent comme leur égale. Et, à son retour dans le Zhong, elle devrait convaincre toute une nation de ses facultés à diriger. Devenir une Majesté plutôt qu'une Altesse.

Avec grâce, elle se leva.

– Réunissez les leaders, voulez-vous ?

Brunhild s'inclina.

– Ils vous attendent déjà.

Elle lui répondit avec un hochement de tête royal et quitta l'aile zhongaise de la Citadelle pour se rendre dans la salle de réunion.

La pièce dans laquelle son père avait été tué.

Par les Capes-Vertes.

Malgré la battue intensive des Oathbound, les quatre jeunes héros s'étaient enfuis, laissant leurs camarades derrière eux.

En entrant dans la salle de réunion, Song promena son regard sur la table hexagonale au centre. La surface avait été nettoyée, mais on voyait encore les taches du sang de son père, incrustées profondément dans le bois.

Le Haut Dignitaire du Nilo était déjà installé dans toute sa noblesse. À côté de lui, la reine de l'Eura était comme toujours accompagnée par trois ou quatre courtisans de son royaume. Très jeune et blonde, elle avait des yeux étrangement vides. La première ministre de l'Amaya, une femme d'une quarantaine d'années, esquissait une moue désapprobatrice. L'ambassadrice du Stetriol était

également présente, malgré les blessures qu'elle avait subies lors de l'attaque qui avait tué l'empereur. Le teint grisâtre, elle avait un bras en écharpe. Elle n'aurait certainement pas dû quitter son lit.

Song contourna la table pour rejoindre le siège de l'empereur du Zhong.

Lors de sa dernière rencontre avec les leaders de l'Erdas, elle s'était tenue derrière sa chaise, les yeux baissés, jusqu'à ce qu'elle trouve le courage de parler pour défendre les Capes-Vertes.

Le Zhong ne devait pas paraître faible devant les autres nations, même maintenant. Surtout maintenant.

Déterminée, elle s'assit sur la chaise de l'empereur, croisa les mains sur les genoux et examina ses interlocuteurs autour de la table.

Ils lui rendirent son regard. Mais aucun ne remit en question sa présence parmi eux. Song goûta son petit moment de triomphe. Le reste de la réunion serait une réelle épreuve : sa chance de se montrer digne de cette place s'y jouerait.

Le Haut Dignitaire du Nilo se racla la gorge avant de prendre la parole.

— Maintenant que la *princesse* est enfin arrivée, commença-t-il, d'une voix teintée d'agacement, nous pouvons décider du sort des Capes-Vertes.

— Je vais vous dire ce qu'on va faire d'eux, répliqua la première ministre de l'Amaya sur un ton tranchant. Les Capes-Vertes doivent être dissous. Ils doivent retourner dans leurs patries respectives. Les responsables de l'assaut doivent être condamnés et exécutés.

— Les Capes-Vertes sont mauvais, renchérit la reine de l'Eura.

— «Mauvais» est bien trop faible pour les qualifier, objecta le Haut Dignitaire du Nilo. Ils sont corrompus ! Ils ne servent que leur propre intérêt. Ils ne témoignent aucune loyauté envers leurs leaders légitimes. On ne peut clairement pas leur faire confiance.

La reine balaya la table d'un regard de défi.

— On ne peut pas leur faire confiance ! répéta-t-elle.

Intérieurement, la princesse Song poussa un soupir. La reine de l'Eura était ravissante, mais elle n'avait pas grand-chose derrière ses beaux yeux bleus.

– Je recommande la patience, intervint-elle.

– La patience ? s'offusqua la première ministre de l'Amaya. Aucun doute n'est permis au sujet des Capes-Vertes. L'attaque dont nous avons été victimes ici même en est la preuve évidente !

– Et pourtant, ils ont servi toutes les nations de l'Erdas.

– Seulement pour devenir plus puissants, protesta la première ministre. Et regardez où ça nous a conduits !

Elle montra d'un doigt rageur la tache de sang sur la table.

– Votre propre pays, le Zhong, privé de son souverain !

Song prit une inspiration pour garder son calme. Bien sûr, elle pleurait son père. Mais c'était le moment de passer à l'action, pas de verser des larmes. Elle guiderait son peuple, s'il lui en donnait l'occasion.

– Comme nous le savons tous, dit-elle calmement, les Capes-Vertes à travers le monde sont traqués, arrêtés et traduits en justice.

— Et quand nous les aurons tous attrapés, nous condamnerons pour meurtre leurs leaders ! cria la première ministre de l'Amaya.

— Les Capes-Vertes du Nilo doivent retourner dans le Nilo, affirma le Haut Dignitaire en croisant ses bras rachitiques. Dans mon pays, nous punissons sévèrement les traîtres.

— Ils doivent être jugés de façon impartiale, insista Song.

Prudemment, elle posa les yeux sur la reine de l'Eura et lui adressa un hochement de tête encourageant.

— Ils doivent être jugés de façon impartiale, répéta la reine.

L'ambassadrice du Stetriol n'avait pas encore parlé. Elle s'éclaircit la voix.

— Le monde nous surveille, affirma-t-elle, faisant un signe de la tête en direction de Song. Le Stetriol est d'accord avec... la fille de l'empereur du Zhong. Les Capes-Vertes doivent être rassemblés et envoyés à Havre-Vert, où ils seront emprisonnés avant de recevoir un jugement équitable. J'ai bien dit *équitable*.

— Ont-ils accordé à l'empereur du Zhong un jugement équitable avant de l'assassiner ? demanda le Haut Dignitaire. Ce sont des meurtriers. Qui parmi nous sera leur prochaine victime ?

Les débats se poursuivirent. La princesse Song n'intervint plus, se contentant d'observer les leaders s'énerver. Des signes de discorde transpiraient. Ils ne semblaient pas remarquer combien leur dispute était dangereuse. Peut-être avaient-ils été trop longtemps cachés pour se rappeler comment diriger un pays. Ils devaient prendre les commandes de leur nation plutôt que de perdre du temps à bavarder. La première ministre finit par abattre son poing sur la table en aboyant à la reine de l'Eura de se taire à moins d'avoir quelque chose d'intelligent à dire. En réaction, les yeux de la reine s'emplirent de larmes. Entourée de ses courtisans, elle quitta la pièce en pleurant. Le Haut Dignitaire la suivit, furieux.

À la fin de la réunion, la princesse Song, accompagnée de sa garde d'Oathbound, se rendit dans la tour de la Citadelle où étaient enfermés les leaders des Capes-Vertes. Les autres avaient été envoyés à Havre-Vert. Olvan et Lenori restaient là pour être interrogés.

Dans la tour, un garde s'inclina et ouvrit la porte. La princesse entra dans la cellule d'Olvan, à côté de celle de Lenori.

Olvan avait été mordu par la vipère de Brunhild la Joyeuse. Le venin du serpent avait transformé son corps en pierre. Il avait été ordonné qu'on lui administre la dose minimale d'antidote pour le maintenir en vie. Juste assez pour respirer et cligner des yeux, mais pas pour bouger ou représenter un quelconque danger.

Le chef des Capes-Vertes était un colosse à la barbe grisonnante, avec un visage sévère et des sourcils toujours froncés. Les gardes l'avaient sorti de son lit et plaqué telle une statue contre le mur.

En voyant Song, il cligna des yeux. Ses lèvres s'agitèrent comme s'il voulait parler.

– Je vous salue, lança Song. J'imagine que vous vous faites du souci pour vos quatre jeunes Capes-Vertes. Les héros de l'Erdas, comme vous les appelez.

Olvan cligna de nouveau des yeux.

— Ils n'ont pas été capturés. D'après notre dernier rapport, ils se sont enfuis dans l'Amaya.

Song entra dans la cellule et regarda par la fenêtre.

— Vous avez une jolie vue sur les montagnes, d'ici.

Elle jeta un coup d'œil au vieil homme qui ne pouvait poser les yeux que devant lui.

— Mais je suppose que vous ne les avez pas vues, n'est-ce pas ?

Elle se plaça dans son champ de vision. Son visage s'était encore durci, se dit-elle. Il semblait en colère. Elle poussa un soupir.

— Pourquoi l'Amaya ? demanda-t-elle comme pour elle en secouant la tête. Ils ne peuvent espérer nous échapper. Les Oathbound sont partout.

Elle attendit un moment. Bien sûr, il ne répondit rien.

— Vos Capes-Vertes sont consignés à Havre-Vert. Le château est devenu leur prison. Nous avons estimé que les enfermer sur leur île était une preuve de clémence. En attendant leur procès.

Elle leva alors le menton, prenant une posture majestueuse. C'est ainsi qu'aurait parlé l'impératrice du Zhong.

– Vous êtes tous accusés de trahison, et du meurtre odieux de l'empereur du Zhong.

L'espace d'un instant, elle revit la tache de sang sur la table et sa voix flancha.

– Mon... père.

Le chef des Capes-Vertes ne fit rien d'autre que regarder droit devant lui, sans cligner des yeux. Il ne semblait même pas avoir entendu.

La vague

L a veille, Abéké avait vérifié l'état de ses flèches.

Au petit matin, elle recommença, les examinant l'une après l'autre tout en marchant. Les tiges étaient droites, l'empennage équilibré, les pointes parfaitement affûtées. Elles atteindraient leurs cibles.

Il le fallait. Ce qu'avait rapporté Rollan les avait tous horrifiés.

Une armée. Tout un bataillon d'Oathbound, des centaines, avec le cruel Wikam le Juste à leur tête. Abéké leva les yeux au ciel, mais ne vit pas le vautour. Elle avait déjà essayé de l'abattre, mais il volait en général trop haut. Elle ne pouvait plus prendre le risque de perdre une flèche.

Après avoir écouté Rollan, Anka leur fit traverser la forêt en les dissimulant sur tout le chemin pour qu'aucun des éclaireurs ne les repère. Ils n'avaient plus le temps de s'arrêter et de se reposer la nuit. La piste montait jusqu'au lac au milieu duquel se situait l'île appelée le Cœur de la Terre. S'ils avançaient vite et sans bruit, Anka leur avait annoncé qu'ils y seraient au petit matin.

Au moment où l'aube se levait, elle les laissa souffler quelques minutes. Alors qu'Abéké examinait son arc, Uraza bondit à ses côtés. Les autres s'assirent et Worthy fouilla dans le sac de provisions que Rollan avait réussi à sauver du camp.

Il sortit quelque chose du baluchon et le tendit rapidement à Rollan. Abéké n'eut pas le temps de voir de quoi il s'agissait.

En se relevant, Rollan bâilla bruyamment et s'éloigna pour s'étirer et se préparer à repartir. Quand il revint, il portait sur le dos une énorme cape marron qu'il s'était procurée en ville. Elle semblait trop chaude et encombrante dans la chaleur de l'Amaya, mais Abéké se dit qu'il devait trouver son poids réconfortant, maintenant qu'il n'avait plus celle de Tarik.

Worthy inspecta les affaires.

– C'est le sac des premiers soins, affirma-t-il en ouvrant de grands yeux derrière son masque. Vous savez ce que ça veut dire ?

– Non, répondit Conor sur un ton las.

Il s'appuyait contre un arbre, la tête de Briggan sur une jambe.

– Qu'est-ce que ça veut dire ?

– Pas de petit déjeuner, répondit Worthy tristement.

Et pas de dîner non plus, se dit Abéké. Elle serra les dents et essaya de ne pas y penser.

– Allons-y, ordonna Anka.

La lumière emplissait déjà le ciel.

– Ce n'est plus très loin.

En grognant, ils se levèrent tous. Abéké vit Meilin tapoter la bourse où elle gardait la pierre, le Cœur de la Terre à révéler. Elle s'assurait qu'elle était toujours bien là.

Le sentier qu'ils empruntèrent serpentait entre d'immenses pins. Il était jonché de rochers et traversé par des racines tordues. Abéké devait soigneusement regarder où elle mettait les pieds pour éviter de tomber. À côté d'elle, Uraza dressait les oreilles, ses yeux violets aux aguets. Anka et Conor les suivaient, quelques pas derrière avec Briggan. Meilin, Worthy et Rollan fermaient la marche.

– Vous avez entendu ? demanda Worthy.

– Quoi ? interrogea Meilin, la tête légèrement penchée. Les éclaireurs Oathbound ?

– Non, répondit Worthy, dégoûté. C'était mon estomac.

Uraza tourna la tête et grogna sur lui.

– Exactement, se plaignit le jeune garçon. Je meurs de faim !

– Tu n'as sauté qu'un seul repas, commenta Meilin, calmement en repartant. Ça m'étonnerait que tu sois si affamé.

– Et pourtant, c'est le cas, assura Worthy. J'en peux plus.

Il jeta un regard en direction de Rollan, juste derrière lui, avec Essix. Le faucon avait été légèrement blessé au cours de son combat contre le vautour. Il trônait désormais sur son épaule, ébouriffé et contrarié.

– Rollan, tu viens de l'Amaya, toi. Tu dois savoir comment on trouve de la nourriture ici. Dis-nous quelles racines et quelles baies manger.

– Ah oui, c'est sûr, ironisa le jeune garçon. Si quelqu'un jetait des racines et des baies dans les ordures à Concorba, je saurais mieux que personne vous les repêcher. C'est mon domaine.

– Génial, se lamenta Worthy.

Abéké ne supportait plus ces jérémiades.

– Worthy, ne t'est-il jamais arrivé au cours de ta vie de ne pas savoir quel serait ton prochain repas?

– Non, c'est la première fois, répliqua Worthy.

– Oh, pauvre chou, grommela Rollan, exaspéré.

Et il y avait de quoi. Ils avaient laissé le Cape-Rouge se joindre à eux, mais il avait une capacité infinie à leur taper sur les nerfs. Par moments.

Alors que le matin avançait, ils continuèrent à gravir la colline, jusqu'à ce qu'Abéké se sente étourdie par l'altitude et la faim.

Depuis l'attaque de leur camp, ils n'avaient plus vu aucune trace des Oathbound. Pas plus les éclaireurs que l'armée. Selon Abéké, cela confirmait ce qu'avait dit Rollan : Wikam le Juste connaissait l'existence de la pierre et il voulait que les Capes-Vertes la révèlent avant qu'il ne les attrape.

Ses amis et elle seraient prêts à l'affronter. Uraza, sans aucun doute. Abéké n'avait jamais vu la panthère si tendue. Briggan également. Les deux animaux totems étaient impatients de se battre.

Un bruissement alerta les Capes-Vertes.

– Vous avez entendu ça ? demanda Worthy.

– Arrête de te plaindre ! le gronda Meilin.

– Mais non, protesta Worthy.

Elle se tourna pour le voir montrer le ciel du doigt.

– Le tonnerre, déclara-t-il.

Il avait raison. Trop concentrée sur l'état du sentier afin de ne pas trébucher, Abéké n'avait pas remarqué que le ciel s'était obscurci au fil de la matinée. Les nuages étaient désormais gris, et si bas qu'ils semblaient accrochés au sommet des pins. Au loin, le tonnerre gronda de nouveau.

Rapidement, Abéké rangea son arc dans son étui en cuir. Il ne fallait pas que la corde se mouille, sinon, elle ne se tendrait plus le moment venu. Elle referma également son carquois.

– Non, Worthy, affirma Meilin, un peu méprisante. On ne doit pas se protéger de l'orage, on doit continuer à avancer.

Un grondement retentit. C'était Worthy cette fois.

Abéké sourit. Ce n'était désormais plus un caprice de sa part, mais une manifestation de sa nouvelle nature de panthère noire.

Conor s'approcha d'elle.

– Pourquoi tu souris ? demanda-t-il.

La jeune fille haussa les épaules.

– Worthy. Il est comme Uraza. Comme tous les félins. Il déteste être mouillé.

Conor baissa les yeux vers Briggan, qui trottait à ses côtés en agitant la queue.

– Nous, la pluie, ça nous est égal.

Il fit ensuite un petit signe de tête à Rollan, qui remontait le sentier défoncé.

— Mais j'imagine qu'on va tous regretter très vite nos bonnes vieilles capes vertes.

Rollan avait eu raison de remplacer la sienne, après tout. Ils se remirent en marche. Quelques gouttes de pluie commencèrent à tomber, creusant de petits trous dans la terre.

— Abéké, appela Conor tout bas. En parlant de se faire mouiller...

Elle se tourna vers lui.

— Il y a quatre nuits, j'ai fait un rêve...

— Pas le...

— Non, la rassura-t-il. Pas sur le Wyrm. C'est terminé. Autre chose, expliqua-t-il en déglutissant. Mais presque aussi effrayant.

Abéké s'arrêta et appela les autres. Ils se rassemblèrent en cercle.

— Quel est le problème ? demanda Meilin.

— Conor a trop faim pour avancer, suggéra Worthy.

Les cinq Capes-Vertes le fusillèrent du regard.

— Désolé, lâcha Worthy en levant les yeux au ciel.

— Conor a fait un rêve, annonça Abéké.

Alors qu'elle parlait, le vent se leva. Les branches des pins autour d'eux tremblèrent et la température

baissa considérablement. Le tonnerre retentit dans le ciel, plus proche d'eux.

Rollan leva les yeux vers les nuages gris.

– Très menaçant.

– Tu as fait un rêve prémonitoire ? demanda Meilin.

– Je pense, oui. Par deux fois. Je préfère vous en parler.

Il regarda le groupe.

– Je me tenais dans un endroit élevé. La première fois, je ne savais pas où j'étais. La deuxième fois, j'ai vu que je me trouvais sur une surface en pierre, peut-être la tour d'un château ou une falaise. Au début du rêve, tout est noir. Et soudain, surgit une lumière et j'ai les yeux rivés sur un océan.

Ses yeux bleus semblaient de nouveau fixés sur cette vision, remarqua Abéké. Ils regardaient au loin.

– L'océan est complètement plat, continua Conor. Ça fait peur. C'est trop calme. Je reste là un long moment, et soudain, je vois les eaux s'ouvrir.

Il secoua la tête.

– Comme si elle prenait une grande inspiration. Et le bruit résonne.

Au-dessus de leurs têtes, le tonnerre gronda et Conor sursauta.

– Comme ça. Le tonnerre, mais sans interruption. En continu. Je contemple toujours l'océan et je vois une ombre lointaine. Elle grandit encore et encore, se soulève de la surface de l'eau, plus haute qu'une montagne, jusqu'à ce qu'elle me cache la lumière. C'est une vague. Un immense mur d'eau qui se rue vers moi.

Il avala sa salive.

Abéké l'observait de près. Les autres avaient l'air éberlués.

– Et ensuite ? demanda Anka.

Conor inspira profondément.

– La vague se plie et son extrémité se charge d'écume blanche. Je ne fais rien. Je reste là à la regarder me dominer. Elle gronde, rugit. Mon cœur bat la chamade, mais je ne peux pas bouger. Et elle s'écrase sur moi.

– Laisse-moi deviner, intervint Worthy. C'est là que tu te réveilles.

Meilin lui décocha un regard furieux. Il lâcha un petit grognement et recula.

Mais Conor hochait la tête.

– Oui, je me suis réveillé.

À la grande surprise d'Abéké, Anka avait appelé son animal totem à sa forme passive. Elle était désormais exposée devant eux. Son visage était pâle et des cernes noirs soulignaient ses yeux.

– Venez avec moi, lança-t-elle, abandonnant son tranchant habituel. Je veux vous montrer quelque chose.

Elle les guida vers le sommet du sentier à pic. Les arbres se resserraient. Avec le ciel qui formait un plafond gris et bas au-dessus de leurs têtes, ils avaient l'impression d'être dans une caverne sombre.

Et soudain, le sentier redevint plat. Encore quatre marches et ils sortirent de la forêt pour se retrouver sur la rive de galets d'un lac si grand qu'ils n'en voyaient pas l'autre côté.

Au milieu du lac se dressait une île.

– C'est ça? demanda Anka d'une voix solennelle. C'est ce que tu as vu dans ton rêve?

Tous ensemble, ils se tournèrent vers Conor pour entendre sa réponse.

La tempête

La main posée sur la tête à la fourrure épaisse de Briggan, Conor observa l'île au milieu du lac. Il s'était attendu à ce que le Cœur de la Terre ressemble à une île comme les autres. Un bout de terre dans une étendue d'eau, avec des arbres dessus. Mais il n'en était rien.

On aurait dit un immense cube qui s'érigeait vers le ciel. Une fine bande de plage à sa base était léchée par les vagues, mais pour le reste, elle s'élevait toute en pierre grise jusqu'à son sommet plat. Elle était plus haute que la plus haute des tours qu'il eût été donné à Conor de voir, et ses pentes raides semblaient impossibles à escalader.

Pourtant, c'était là qu'ils devaient aller pour révéler la pierre du même nom que cette île, le Cœur de la Terre.

— C'est bien ça ? interrogea Rollan.

— Quoi ? demanda Conor, tiré de ses pensées.

— L'endroit que tu as vu dans ton rêve ? demanda Meilin en montrant l'île du doigt.

Conor l'examina en fronçant les sourcils.

— Je ne sais pas.

Son rêve était si sombre...

— Je suis pratiquement sûr qu'il s'agissait d'un océan et pas d'un lac.

— De l'eau, en tout cas, intervint Rollan. Et un endroit élevé.

— Peut-être bien, répondit Conor lentement.

Il tourna la tête vers ses amis, puis vers Worthy et Anka.

— Ça n'a pas d'importance. Il faut qu'on l'escalade de toute façon, n'est-ce pas ?

— Impossible ! rétorqua Worthy rapidement.

— Tais-toi, Worthy, lancèrent Rollan et Abéké en même temps.

Ils s'adressèrent un sourire complice, avant de prendre une mine préoccupée, conscients du danger auquel ils allaient s'exposer.

— Non, sérieusement, insista Worthy, les mains sur les hanches. Regarde-moi ça, ce n'est même pas une île, c'est juste une immense falaise ! Et sans bateau, nous ne pourrons pas l'atteindre. Enfin, *vous*, je veux dire, parce que moi, j'y vais pas. Et vous devrez monter jusqu'au sommet en pleine tempête. Sans parler de cette vague que Conor a vue dans son rêve. Faut être fou pour tenter le coup.

— Je vais envoyer Essix examiner le terrain, lança Rollan en ignorant Worthy.

— Il faut faire vite, rappela Meilin. Les Oathbound savent que nous sommes là, ils ne vont plus tarder.

Rollan murmura quelques mots à Essix, toujours perchée sur son épaule. Le faucon s'élança alors dans les airs. Avec un cri suraigu, elle s'éleva plus haut dans le ciel, poussée par le vent qui annonçait l'orage. En se redressant, elle s'envola droit vers l'île.

Rollan ferma les yeux et se concentra sur ce qu'il voyait à travers les yeux du faucon.

– Je déteste le reconnaître, mais Worthy n'a pas tort, grommela-t-il.

Conor distinguait à peine Essix au loin, qui tournait autour de l'île.

– Cet endroit est tout en falaises. Mais je vois peut-être une ouverture. Il y a une surface plane sur le dessus, et un gros rocher qui ressemble à un croissant de lune. Euh... j'aurais espéré trouver une flèche qui indiquerait l'endroit où révéler le Cœur de la Terre.

Il ouvrit les yeux.

– Mais malheureusement, je l'ai pas vue.

– Ce n'est pas très encourageant, tout ça, commenta Abéké.

Rollan haussa les épaules.

– Nous devons tout de même essayer de l'escalader.

– C'est impossible ! insista Worthy. Parce que vous ne pouvez même pas atteindre l'île.

Rollan leva les sourcils.

— Essix m'a montré le chemin à suivre, affirma-t-il en faisant un signe de tête vers le coude du lac. Par là s'étend une longue bande de sable qui mène sur l'île. Un peu comme un pont.

— Ce n'est probablement pas du sable, commenta Worthy, dépité. Sûrement des sables mouvants.

Les quatre enfants lui décochèrent des regards noirs.

— Je sais, je sais, grommela le Cape-Rouge. *Tais-toi, Worthy.* Mais c'est moi qui ai raison, c'est une idée désastreuse.

Encore une fois, il n'était pas facile de l'admettre, mais arrivé devant le sentier de sable, Conor se dit que Worthy avait peut-être raison.

Ce que Rollan avait appelé un pont était en réalité une fine ligne de sable qui serpentait depuis les galets jusqu'à l'île cubique. Au-dessus de leurs têtes, les nuages avançaient, de plus en plus noirs. Le tonnerre grondait et les éclairs déchiraient l'horizon. Le vent poussait les vagues qui fouettaient l'étroite bande de sable. Ils auraient déjà beaucoup de chance s'ils atteignaient l'île.

Meilin avait décidé qu'Anka et Worthy les attendraient sur la rive du lac pour surveiller l'arrivée de l'armée des Oathbound, et pour les empêcher de traverser le pont de sable.

— Pas super alléchant comme mission, se lamenta Worthy.

— Tu peux venir avec nous, si tu préfères, répliqua Meilin en lui adressant un gentil sourire.

— Non, ça ira. Vous, vous y allez. Et vous faites en sorte de pas vous tuer, OK ?

Conor se surprit lui-même à s'approcher de Worthy.

— Elle t'a chargé d'une tâche vraiment périlleuse, souffla-t-il, sans pouvoir lire l'expression du Cape-Rouge derrière son masque. On compte sur toi.

— Je ferai de mon mieux, promit le garçon. Et je suis désolé de t'avoir traité comme je l'ai fait, à l'époque, Conor, ajouta-t-il rapidement. Tu sais, à Trunswick et tout le reste.

— T'étais pas en forme ? plaisanta Conor.

— On peut le dire, gloussa Worthy, gêné. Carrément pas en forme. Mais j'essaye de me racheter.

Conor se tut un long moment.

– Avant le Wyrm, j'aurais sûrement pensé que quelqu'un qui a agi comme tu l'as fait est impardonnable et irrécupérable. Mais...

Il secoua la tête, plus sérieux que jamais.

– Quand le Wyrm a pris possession de moi, j'ai commis des atrocités. J'ai d'abord pensé que ça faisait de moi une mauvaise personne. Mais c'est faux. J'ai une vraie valeur, et peut-être que toi aussi.

Il vit les yeux de Worthy cligner rapidement derrière son masque.

– Je l'espère, murmura-t-il enfin d'une voix chevrotante.

Conor posa une main rassurante sur l'épaule du jeune garçon.

– J'en suis sûr.

Alors que le tonnerre retentissait plus fort et que la tempête approchait, les quatre Capes-Vertes entamèrent la traversée du pont. Le sable était tendre et meuble sous leurs pieds, que des vagues s'amusaient à frôler. L'île se rapprochait à mesure qu'ils avançaient sur l'étroite passerelle. Uraza menait le convoi, bondissant sur les zones sèches pour ne pas se mouiller les pattes. Abéké suivait avec de longues foulées assurées grâce à son lien avec sa panthère. Meilin lui emboîtait le pas et venaient ensuite Rollan, Briggan et Conor, qui se déplaçait avec une agilité de loup.

De loin, les parois de l'île leur avaient semblé impénétrables, lisses et glissantes. Mais en approchant, Conor vit des fissures et des imperfections qui leur offraient des prises. Pourtant, l'ascension ne serait pas aisée. Les murs de pierre s'inclinaient graduellement, ce qui rendait le sommet plus large que la base.

Au-dessus de Conor, Essix tourbillonnait dans un courant d'air. La force du vent les secoua tous. Le faucon vint se poser maladroitement sur l'épaule de Rollan en agitant les ailes pour se redresser.

– Elle ne peut pas voler dans l'orage ! annonça le jeune garçon.

Sa cape marron battait contre ses jambes. Le tissu à l'intérieur paraissait presque vert dans la tempête.

Conor hocha la tête et ils continuèrent.

Le tonnerre retentit avec une violence terrifiante. Conor vit la foudre se refléter sur la surface de

l'eau. Les nuages pesaient si bas qu'on se serait cru au milieu de la nuit et les rafales se déchaînaient. Devant lui, Meilin trébucha. Il poussa un hurlement d'avertissement et Rollan lui agrippa le bras avant qu'elle ne tombe dans le lac glacé.

Enfin, ils arrivèrent sur les rochers au pied de l'île. À cet instant, les nuages déversèrent leur cargaison de pluie cinglante.

Ils se rassemblèrent. Uraza avait l'air trempée et malheureuse, et la queue de Briggan pendait misérablement.

– Et maintenant ? cria Abéké pour couvrir le vacarme de la pluie et du vent.

Rollan s'essuya le visage et montra le sommet.

– C'est par là, hurla-t-il.

Conor ne vit d'abord que les sombres falaises grises qui les dominaient, ruisselantes d'eau. Et soudain, il comprit ce que Rollan leur indiquait.

Depuis le pied de la falaise courait un étroit conduit en pierre, pareil à une cheminée, de dix mètres de diamètre. De l'eau en sortait. C'était une cascade qui descendait du haut de la falaise. Étaient-ils supposés la remonter ?

Conor jeta un coup d'œil à Rollan, qui confirma d'un hochement de tête.

Il imaginait bien le commentaire de Worthy : *Vous êtes complètement dingues.*

Les animaux totems ne pourraient pas y grimper. Uraza et Briggan, et même Essix, prirent comme Jhi leur forme passive.

Le tonnerre explosa au-dessus de leurs têtes, et ils se mirent en route. Rollan prit les devants, habitué à se hisser sur les toits de Concorba pour échapper aux brutes et à la milice. Ensuite Meilin, Abéké et Conor se lancèrent à leur tour.

Rollan fit quelques mètres avant de crier à ses amis :

– Il y a des poignées ! Quelqu'un est passé par ici avant nous !

Conor constata malheureusement que ces poignées étaient couvertes d'une mousse glissante et humide. Le mince filet d'eau qui coulait du sommet de la falaise lui trempait l'épaule droite. À mesure qu'il progressait, il trouvait un bon rythme. En guise de prises, il se servait des trous qu'Abéké creusait dans la paroi avec ses bottes. Elle était friable sous

ses doigts qui s'engourdissaient de froid. Mais la cheminée dans laquelle ils s'étaient engagés les protégeait de la violence du vent.

À mi-chemin, sur la falaise, ils trouvèrent une petite saillie dans la roche qui leur permit de reprendre leur souffle. Rollan attendit là que les autres arrivent à sa hauteur. Les quatre enfants s'accrochèrent à la façade grise, résistant aux bourrasques qui leur fouettaient le dos.

Conor regarda vers le bas, mais ferma aussitôt les yeux, pris de vertige.

– Fais pas ça ! cria Rollan, tout près de lui.

Trop tard. Conor venait de voir les rochers d'où ils étaient partis...

... Et de cette hauteur, la surface du lac lui sembla tranquille. Tout comme dans son rêve. Il tourna la tête vers l'horizon, s'attendant presque à voir l'immense vague approcher. Si elle arrivait, elle s'écraserait sur l'île et les balancerait tous dans l'eau.

Mais il vit à la place le plus effrayant des orages. Les nuages menaçants avaient pris une teinte noir verdâtre et ils scintillaient sous les éclairs continus. Le tonnerre éclata assez fort pour secouer l'île.

Les quatre s'accrochèrent à la falaise en serrant les dents. La pluie tambourinait sur eux. Le vent leur mordait les doigts comme s'il voulait les décrocher de la roche.

– Il faut qu'on avance ! hurla Meilin.

Conor ouvrit les yeux et hocha la tête. Après les autres, il tendit la main vers la prise suivante et soudain, ses pieds glissèrent sur la pierre. Un puissant vertige le traversa, mais Abéké lui attrapa la main juste à temps.

– Tiens bon ! cria-t-elle en la serrant fermement.

Le rêve prémonitoire qu'il avait fait à Havre-Vert et qui l'avait précipité du haut de la tour lui revint en mémoire. Essix avait enfoncé ses serres dans sa cape assez longtemps pour qu'Abéké puisse le remonter. Depuis, il ne s'était jamais vraiment senti à l'aise en altitude.

Abéké s'en souvenait aussi.

– Tout va bien ! le rassura-t-elle.

Elle reprit l'ascension. Conor poussa un profond soupir et la suivit. Plissant les yeux dans la pluie, il leva la tête juste au moment où le tonnerre retentissait sur l'île. La pluie devint soudain plus froide

et chaque crevasse s'emplit de glace. La foudre les aveuglait. Derrière lui, Conor vit Rollan faire un faux pas. Sa botte glissa sur une plaque de verglas et il plongea.

Droit vers le lac.

Le Cœur de la Terre

Rollan entendit les cris de panique d'Abéké et de Meilin. Une vague de terreur le traversa – *je vais mourir* – quand soudain, sa chute s'interrompit et il percuta de plein fouet la surface grise de la falaise. Il étouffait.

Quelque chose s'était enroulé autour de son cou. Il leva la main et toucha un tissu tendu. Pour alléger la pression, il tira dessus, se hissant jusqu'à ce que ses pieds trouvent dans la roche un rebord assez large pour qu'il puisse s'y maintenir. Le souffle coupé, il se pressa contre la paroi en pierre. Il s'agrippa de toutes ses forces au tissu. Son cœur battait si fort que tout son corps en tremblait.

– Tout va bien ? demanda Conor, plus haut sur la falaise.

Les paupières closes, Rollan hocha la tête. Son cou était blessé, et son épaule tuméfiée à cause du choc. Ses doigts, déjà engourdis par l'effort, ne lâchaient plus ce linge providentiel qui l'avait sauvé d'une mort assurée.

Il osa lever la tête pour le regarder.

La cape de Tarik, qu'il avait gardée sous la nouvelle, était désormais déchirée sur le bord.

Elle s'était coincée dans une crevasse et lui avait évité une chute fatale.

Rollan poussa un soupir tremblant.

– Merci, Tarik, murmura-t-il, alors que le vent le fouettait et que la pluie lui transperçait la peau telles des épingles.

Et... merci Worthy, qui lui avait donné la cape, plus tôt dans la journée.

Il vit que ses amis l'attendaient.

– Continuez à monter, leur cria-t-il d'une voix rauque.

Meilin acquiesça et mena le groupe vers le sommet.

S'efforçant de contrôler son tremblement, Rollan s'assura que la cape marron cachait toujours celle de Tarik et se remit en route. *Ne regarde pas en bas*, se rappela-t-il avoir dit à Conor. Il suivit son propre conseil, se concentrant sur chaque prise, sur la pierre froide et rêche sous ses mains qui dégoulinait d'eau glacée. Enfin, quand il regarda en haut, il vit Meilin au sommet de la falaise. Elle aidait Conor à y grimper, lui aussi. Quand ce fut le tour de Rollan d'atteindre la surface plane, l'orage poussa un dernier rugissement et le vent le propulsa vers le vide.

Heureusement, Meilin le tenait fermement et l'attira vers le centre de l'île.

Rollan s'écroula sur le sol, les yeux fermés, sentant les gouttes tomber sur son visage. La pierre dure et irrégulière lui rentrait dans le dos. Jamais il n'était passé aussi près de la mort. La descente serait...

Il préférait ne pas y penser. Frissonnant, il se redressa. Les trois autres étaient également assis.

Abéké avait posé la tête sur ses genoux, Conor scrutait l'horizon où se dirigeait la tempête guidée par ses éclairs.

– Tu cherches la vague de ton rêve ? lui demanda Rollan.

Il se frotta la gorge. *Je vais avoir des bleus*, se dit-il.

Dégageant ses cheveux mouillés de ses yeux, Conor secoua la tête.

– Je suis pratiquement sûr que ce n'était pas là.

– Complètement sûr serait mieux, répliqua Rollan.

Ballotté par les dernières rafales, il se leva et examina le sommet de l'île. Comme il l'avait vu à travers les yeux d'Essix, il était vaguement carré et étrangement plat. On aurait dit que des mains humaines l'avaient égalisé. En son centre s'érigeait un rocher noir et usé, aussi grand que lui et pareil à un croissant de lune. Il lui semblait familier. Peut-être sa forme...

Meilin s'approcha de lui.

– C'est la même surface que sur le présent, affirma-t-elle en fouillant dans sa bourse.

Elle en retira délicatement la pierre et déplia le linge. Conor et Abéké les rejoignirent pour regarder.

Meilin avait raison. Des écailles en obsidienne recouvraient également le gros bloc.

– Alors, maintenant, on révèle la pierre, lança Rollan.

Suivi par les autres, il se dirigea vers le rocher et l'étudia pour tenter de comprendre ce qu'il y reconnaissait. À peu près de la même taille que lui, il s'incurvait à chaque extrémité, se prolongeant au sol sur une trentaine de centimètres. Le jeune garçon se plaça au centre du croissant, Meilin tout près de lui et Abéké et Conor un peu derrière. Il avait l'impression d'être dans un cercle, enfermé par la pierre. À l'intérieur, tout était paisible et le calme qu'il ressentait ne se résumait pas au fait qu'il était protégé du vent. Il sentait bien que personne ne s'était tenu là depuis bien longtemps.

– Je pense que c'est important que nous soyons ici tous ensemble, lâcha doucement Abéké.

Rollan hocha la tête. Elle avait raison. Sans l'aide des autres, aucun d'entre eux ne serait arrivé si haut.

Habité d'un sentiment de respect absolu, Rollan posa une main sur la surface. Elle était lisse sous ses doigts, chaque écaille arrondie comme une bosse.

Si proche maintenant, il vit qu'elle n'était pas entièrement noire. Certaines écailles avaient une teinte légèrement plus claire, presque orange, dans une sorte de motif bigarré.

– Là, murmura Meilin.

Rollan regarda l'endroit qu'elle lui montrait et vit un trou dans la pierre, au niveau de son torse, assez grand pour qu'on y enfonce la main. Il comprit aussitôt. C'est là qu'il devait révéler le Cœur de la Terre.

Meilin lui donna la pierre.

– Tu es de l'Amaya, c'est toi qui dois le faire, affirma-t-elle.

Conor et Abéké acquiescèrent.

Rollan se sentit traversé par un frisson d'appréhension, sans rapport avec ses vêtements trempés de pluie. Il examina les visages de ses amis, tous fermés et sérieux, comme devait être le sien.

– D'accord, je m'en charge.

Dans l'espace confiné, sa voix résonnait étrangement.

Solennel, il s'empara de la pierre. Elle était plus lourde qu'elle ne le paraissait et semblait pulser de chaleur. Il se tourna vers le rocher qui l'entourait,

agrippant le présent fermement, et passa toute la main dans le trou. On aurait dit un tuyau terminé par une niche. Il enfonça la pierre jusqu'au bout. Un petit cliquetis retentit, pareil à celui d'une clé qu'on tourne dans une serrure. Rapidement, Rollan retira la main.

Un léger tremblement agita le bloc sous ses pieds. Les enfants se dévisagèrent. Le motif sur l'immense pierre s'éclaircit, les écailles orange ressortant vivement sur la surface noire.

Rollan l'étudia. Il reconnut le dessin. Enfin, il comprit pourquoi la forme de ce bloc lui avait semblé si familière : une des extrémités du croissant avait été sculptée en forme de tête de lézard avec une large gueule. Le corps les entourait, se terminant par une courte queue.

– Un monstre de Gila, lâcha-t-il dans un souffle.

Il en avait déjà vu. C'étaient les lézards de l'Amaya, des reptiles du désert qui se déplaçaient lentement sur les pierres chauffées par le soleil. Mais la plupart étaient bien plus petits que ce monolithe sculpté.

Rollan avait bien sûr entendu les légendes du grand monstre de Gila. Toutes les régions de l'Erdas avaient leurs propres mythes et histoires de puissants animaux liés à des humains. Typiquement, ils sauvaient des demoiselles ou des princes, accordaient des souhaits et autres bêtises.

Zerif s'était servi de ce genre de légendes en liant quatre jeunes Conquérants avec des animaux pour discréditer les quatre élus. Devin Trunswick, désormais Worthy, avait été l'un d'eux.

– Rollan, murmura Abéké en ouvrant de grands yeux. Cette roche a été sculptée en l'honneur du vrai monstre de Gila ?

Un fracas de pierres l'interrompit et le sol se mit à trembler. Un léger brouillard s'éleva et emplit l'intérieur du croissant. La brume se mit à tourbillonner lentement et à s'épaissir.

À la grande surprise de Rollan, le nuage prit la forme d'une femme au centre de la roche. Ses contours étaient flous, mais il distingua son large visage aux pommettes relevées, ses épaules étroites et ses cheveux noués en deux tresses qui pendaient presque jusqu'à sa taille.

C'était une femme morte depuis longtemps.

Rollan la soupçonnait d'avoir été la partenaire du monstre de Gila mythique.

Quand elle prit la parole, Rollan entendit sa voix résonner dans sa tête, sans qu'elle traverse ses oreilles. Un grondement creux vibra en lui.

Les terres de l'Erdas sont face à une terrible menace, affirma l'esprit. *Et elles ont envoyé leurs enfants. Des enfants !* Ses yeux embrumés semblaient se promener sur les Capes-Vertes. *L'Eura. Le Nilo. Le Zhong.* Elle s'arrêta sur Rollan et hocha la tête. *Et l'Amaya. Je suis Kikimi.*

Rollan éprouva pour elle un profond respect. Son âme existait en dehors du temps. Elle était une légende. Il s'inclina.

— Je te salue, Kikimi.

Il sentit le coude de Meilin dans ses côtes.

— Elle te parle ? demanda-t-elle dans un murmure.

— Vous ne l'avez pas entendue ?

Les trois autres enfants secouèrent la tête, sidérés.

Rollan se tourna vers l'esprit.

— Kikimi, lança-t-il, prudent. Nous sommes venus révéler le Cœur de la Terre.

Avec un bruit qui agita Rollan jusqu'aux os, Kikimi hocha la tête. Son visage se fit plus solide. Elle ressemblait à une idole creusée dans la roche vivante. Quand elle ouvrit de nouveau la bouche, sa voix creuse entra plus profondément encore dans le crâne de Rollan. *Il existe une grande force dans la nature, et dans la nature humaine, qui veut que tout soit détruit, ravagé, jusqu'à ce qu'il ne reste plus de pays, plus de familles, plus d'amitié. Qu'il ne reste qu'un vaste champ de ruines. C'est la voie de la destruction, de la désunion, de la division, du désastre et...* Elle s'interrompit et Rollan sentit le poids des siècles s'abattre sur ses épaules. *De la mort*, conclut l'esprit.

— Qu'est-ce qu'elle te dit ? demanda Abéké tout bas.

— Plein de mots en « d » et la mort, répondit Rollan. Mais taisez-vous, elle continue.

L'autre voie est celle de l'union, déclara Kikimi. *Choisissez-vous la voie de la vie, de la chaleur et de l'espoir ?*

— Oui, répondit Rollan, avant de s'adresser à ses amis. Dites oui, les pressa-t-il.

— Oui !

Très bien, ponctua l'esprit. *Le Cœur de la Terre vient d'être révélé. Prenez-le.*

Rollan se tourna et vit un rougeoiement émaner du trou dans la statue du monstre de Gila. Prudemment, il glissa la main à l'intérieur et sentit la surface bosselée de la pierre. Il l'attrapa entre ses doigts pour la sortir. Les autres se rapprochèrent. Dans sa main, les écailles qui recouvraient le présent s'émiettaient, telle une croûte brûlée. À mesure qu'elles tombaient, le Cœur de la Terre se révélait, dégageant une douce lumière autour d'un centre noir. Un monstre de Gila était lové dans la pierre, sa queue enroulée sous son menton, au bout d'une chaîne. C'était une amulette.

Rollan la sentait pulser de puissance et de possibilités.

L'esprit de l'héroïne hochait la tête, comme si elle pouvait lire dans les pensées du jeune garçon. *Celui qui manie le Cœur peut devenir comme le monstre de Gila*, dit-elle.

Rollan examina les yeux étrangement perçants de Kikimi. On aurait dit qu'elle le contemplait à travers des centaines d'années.

– Devenir... mais comment? demanda-t-il.

Ce n'est pas sans raison que cette pierre se nomme le Cœur de la Terre, affirma Kikimi. *Ce sont nos deux cœurs qui n'en font plus qu'un. Unis.* Le visage de l'esprit se voila de tristesse en observant le lézard qui les entourait.

Et il offre de grands pouvoirs, mais on peut faire mauvais usage du pouvoir. L'esprit se tourna et son regard se perdit dans le lac derrière les enfants. Elle fit volte-face pour s'adresser à eux : *D'autres recherchent le Cœur. Ils essaieront de vous l'arracher.*

Alors qu'elle parlait, la terre se mit à trembler de nouveau. De petits nuages de brouillard se détachaient de la silhouette de Kikimi pour s'éloigner en tourbillonnant. Son image s'évanouit. *Prenez garde!* Sa voix creuse résonna une dernière fois dans la tête de Rollan. *Le Cœur donnera un grand pouvoir à celui qui le manie, même s'il n'est pas Marqué. Vous ne devez pas le laisser tomber entre de mauvaises mains!*

Il ne restait plus rien de la brume.

Rollan tourna la tête et vit les regards des autres Capes-Vertes sur lui.

Ils examinèrent ensuite l'amulette dans la paume de Rollan. Elle scintillait toujours doucement. Le motif sur la sculpture autour d'eux s'était éteint. C'était comme s'ils s'étaient trouvés dans une pièce isolée du reste du monde. Et soudain, les bruits de l'extérieur leur parvinrent et une brise leur enveloppa les pieds. Rollan leva la tête vers les nuages qui s'écartaient, laissant des rayons de lumière caresser le lac.

Et... autre chose.

Rapidement, il sortit du cercle protecteur que constituait le monstre de Gila et invoqua Essix. Elle apparut en un éclair, s'engouffrant dans un courant d'air, les ailes déployées. Rollan ferma les yeux pour observer les alentours.

Des silhouettes noires se rassemblaient sur la rive du lac.

Sur le pont de sable qui menait à l'île, Anka et Worthy se battaient de toutes leurs forces. Malgré leurs efforts, ils étaient repoussés, pas à pas.

L'armée des Oathbound était arrivée.

Le marteau

— Ils sont là ! s'écria Rollan après avoir lancé un rapide regard à Meilin.

Elle comprit aussitôt. Le Cœur de la Terre avait été révélé, et maintenant, les Oathbound essaieraient de le récupérer et arrêteraient les Capes-Vertes.

— Allons-y ! ordonna Abéké.

Elle s'approcha du bord de l'île pour retourner sur la plage en dessous. Meilin et les autres lui emboîtèrent le pas.

Conor descendit le premier, résolu à ne pas regarder vers le bas. Ensuite Abéké, puis Rollan après avoir rangé l'amulette dans sa poche, et enfin Meilin, qui glissa à plat ventre sur la roche, cherchant une prise du bout de sa botte.

Il fallait qu'ils se pressent, mais chaque pas devait être effectué avec prudence et précision. Ils entendaient de loin les cris des Oathbound qui affluaient sur la rive.

Une bataille acharnée les attendait. Ils auraient besoin de toutes les armes dont ils disposaient.

– Rollan ! appela-t-elle par-dessus son épaule.

Il s'arrêta et leva les yeux vers elle.

– Comment pouvons-nous utiliser l'amulette dans le combat ?

Rollan recommença à descendre, concentré sur la falaise.

– Je ne sais pas, confessa-t-il, haletant. Kikimi, l'esprit, a dit que celui qui maniait l'amulette pouvait devenir comme le monstre de Gila. Je pense

que ces lézards ont une morsure venimeuse. Mais on raconte des histoires...

Il s'interrompit pour franchir un passage difficile.

– Tu feras attention ici, la mit-il en garde. La pierre est glissante.

Meilin redoubla d'attention. Descendre était encore plus difficile que monter. Au moins, la tempête était passée.

– Des histoires sur les monstres de Gila ? insista-t-elle.

– Des mythes, plutôt, corrigea Rollan. Ils sont sacrés pour certains habitants de l'Amaya. Les monstres de Gila creusent la terre. Mais je pense qu'ils sont très puissants, ajouta-t-il sur un ton moins assuré. Ils sont lents et ils aiment se cacher. Le Cœur ne nous servira peut-être pas à grand-chose.

Il faudrait qu'ils se débrouillent seuls, alors. Le Cœur ne pourrait pas les aider. Meilin tenta de repousser l'effroi qui montait en elle. Des centaines de soldats les attendaient sur la rive. Dans toutes les batailles qu'ils avaient menées, jamais ils ne s'étaient retrouvés dans une telle situation d'infériorité numérique. Les Oathbound avaient peut-être l'ordre de les tuer, plutôt que de les arrêter. Ils risquaient de ne pas s'en sortir vivants.

Abéké arriva à la plage de galets. Un instant plus tard, Conor la rejoignit et ils appelèrent tous les deux leurs animaux totems. Uraza bondit en rugissant. Briggan leva la tête et lança un jappement de défi aux soldats sur la rive. Essix descendit du ciel au moment où Rollan sautait sur la plage, sa lourde cape marron se soulevant derrière lui. Le faucon s'installa sur son épaule, les ailes ouvertes pour s'élancer dans les airs dès que Rollan le lui ordonnerait. Abéké préparait son arc et sortait ses flèches de l'enveloppe en cuir qui les avait protégées de la pluie.

Meilin arriva à leur hauteur et fit apparaître Jhi. Le panda bâilla et se cala sur ses pattes comme pour attendre la suite des évènements. Sa présence donna aussitôt à Meilin un sentiment de force et de calme.

Depuis la rive résonnaient les ordres des officiers. Les Oathbound les avaient vus descendre de la falaise. Au milieu du pont, Worthy tentait de retenir toute une ligne de soldats. Heureusement, comme la bande de sable était très étroite, il n'avait à affronter qu'un seul garde à la fois. La puissance et l'agilité de sa panthère le dispensaient de se battre avec une arme, ses griffes rétractables suffisaient. Derrière lui, les contours d'Anka se dessinaient vaguement. Elle se cachait pour ne pas avoir à lutter.

L'homme qui s'élançait sur Worthy avait une longue lance. Worthy bondit pour parer le coup et, quand il retomba, ses pieds s'enfoncèrent dans le sable devenu liquide. Il s'enlisait. Meilin entendit le Cape-Rouge pousser un miaulement désespéré quand ses genoux entrèrent dans les sables mouvants, exactement comme il l'avait craint !

L'armée des Oathbound, plus d'une centaine de soldats, à ce qu'estimait Meilin, était regroupée sur la rive, prête à se ruer sur les Capes-Vertes une fois qu'ils auraient passé le pont.

– Nous sommes en mauvaise posture, constata Rollan en sortant son couteau.

– Six contre plus de cent, confirma Abéké.

Son arc dans la main, elle semblait prête à passer à l'action.

– Et ils ont au moins trois Marqués avec eux.

Rollan plissa les yeux, utilisant sa vision accrue pour examiner l'ennemi.

– Oui. Wikam le Juste avec son vautour, et l'homme-araignée sont tous les deux là. Il y a aussi un gars de l'Amaya. Son animal totem vole très très vite, je n'arrive pas à le distinguer.

Meilin s'approcha de Rollan.

– Si on se fait capturer, pourras-tu donner à Essix le Cœur pour qu'elle s'enfuie avec ?

Il esquissa un rapide hochement de tête et se frotta la gorge là où la cape de Tarik l'avait retenu.

– Écoutez, commença Meilin, en sortant son épée de son fourreau et en regardant ses camarades et leurs animaux totems, tour à tour. Nous n'avons pas besoin de les vaincre. Il faut juste qu'on leur échappe. D'accord ?

– Nous sommes prêts, affirma Conor en posant une main sur la tête de Briggan.

Le loup haletait, pressé de se battre.

Rollan hocha la tête et Abéké s'inclina, son arc toujours à la main.

– Prête !

– Pour les Capes-Vertes ! lança Meilin, le cœur battant. Allons-y !

Elle partit en premier sur le pont de sable. Quand elle dépassa Anka et arriva au niveau de Worthy, il était enfoncé jusqu'à la taille et saignait d'une blessure sur le côté, mais il continuait à se battre furieusement. D'un mouvement rapide de son épée, elle se débarrassa du soldat à la lance qui attaquait Worthy. L'Oathbound sombra dans l'eau glacée.

Dans un éclair or et noir, Uraza intervint, elle aussi. Abéké décocha une flèche en s'approchant du lieu de l'action, suivie de près par Briggan et Conor, qui faisait tournoyer sa hache au-dessus de sa tête.

Meilin hurla dans la direction où elle avait vu Anka.

– Aide-les !

En avançant, Anka se révéla, de la couleur du sable. Elle hocha la tête, le visage fermé et apeuré, et accourut derrière les Capes-Vertes.

Une onde de choc traversa le bataillon sur le pont, alors que les assaillants devenaient les défenseurs et que les cris de hargne se transformaient en hurlements de peur.

L'épée brandie, Meilin s'ancra fermement dans le sable. Derrière son masque, Worthy ouvrait de grands yeux terrorisés.

– Je suis tellement heureux de te voir, tu n'as pas idée, lâcha le Cape-Rouge.

Elle lui attrapa les mains et le tira de toutes ses forces. Il était coincé et le sable l'entraînait dans les profondeurs. Devant elle, elle entendit les rugissements d'Uraza et des éclaboussures à mesure qu'Abéké et Conor progressaient avec l'aide d'Anka. Mais il restait bien trop de soldats encore, menés par Wikam, qui les attendaient sur la rive.

Le souffle court, Meilin essayait encore de dégager Worthy, qui était à présent enfoncé jusqu'à la poitrine.

– Arrête de te débattre ! hurla-t-elle. Ça ne fait qu'accélérer le processus !

Derrière elle, retentit un puissant grondement. Elle se tourna et vit le corps massif de Jhi, qui commençait à s'enliser également. Le panda tituba dans les sables mouvants qui lui recouvraient déjà les pattes.

– Oh non ! se désespéra Meilin.

Elle lâcha les mains de Worthy, qui poussa une plainte déchirante, et se tourna vers Jhi pour la rappeler à sa forme passive.

Malheureusement, Rollan ne venait pas à sa rescousse. Elle le vit à l'extrémité du pont, en train de
bouger les lèvres comme s'il se parlait à lui-même.
Son long couteau était baissé.

– Rollan ! l'appela-t-elle.

Ils avaient besoin de lui dans ce combat.

Il prit un air distrait.

– J'arrive, répondit-il sans bouger.

Derrière elle, Worthy grommelait :

– Je suis désolé d'avoir pensé que tu étais
effrayante, Meilin, mais sors-moi de là ! C'est...
beurk... Je m'enfonce ! Je te promets que je ferai
n'importe quoi...

Meilin se tourna vers lui.

– Tais-toi, Worthy ! lança-t-elle.

On ne voyait plus de lui que sa tête et ses épaules.
Il maintenait sa bouche au-dessus des vagues qui
traversaient le pont. Elle lui reprit les mains et tira
de nouveau.

Au comble de l'horreur, elle vit que ses pieds
à elle s'enfonçaient également sur le sable qui se flui-
difiait. En un clin d'œil, il lui recouvrit les chevilles.

Elle essaya de sortir un pied, mais l'autre s'enfonça plus profondément.

– On est cuits ! se lamenta Worthy.

Une seconde plus tard, le sable atteignait ses genoux. En pivotant, elle vit que Rollan s'était enfin avancé sur le pont. Il s'apprêtait à venir vers eux.

– Reste où tu es ! hurla-t-elle. Si tu tentes de nous aider, tu te feras ensevelir, toi aussi !

Mais il n'écoutait pas, bondissant sur les sables mouvants. Quand il les rejoignit, il leva le poing, l'éclat de l'amulette passant entre ses doigts.

Meilin sentit le sol sous elle trembler. Tout autour, les vagues s'agitèrent, blanches d'écume.

– Attendez ! hurla Rollan.

En faisant un pas de plus, il baissa la main qui tenait l'amulette, comme un marteau. Une détonation retentit. Les sables qui emprisonnaient Meilin et Worthy les crachèrent aussitôt tels des pépins de melon. Meilin tomba à genoux, le souffle court. Worthy tremblait, allongé sur le ventre.

– La terre ferme, bredouilla-t-il en s'adressant au pont. Si mes bras étaient assez longs, je te ferais un gros câlin !

Il se redressa doucement. Le sang coulait de la plaie sur ses côtes.

Sans s'arrêter, Rollan les dépassa.

– Baissez-vous ! cria-t-il en direction d'Abéké et Conor, qui s'aplatirent contre le sol.

Il abattit encore son poing comme un marteau. Meilin s'accrocha au pont, qui se mit à se tortiller comme un serpent. Worthy s'accroupit à côté d'elle. Tout le long du pont ébranlé, les Oathbound furent projetés dans le lac. En vociférant, ils lâchaient leur lourd armement pour nager.

Rollan pivota sur lui-même. Il croisa le regard de Meilin et afficha un large sourire, les cheveux ébouriffés, sa cape claquant sur ses jambes.

– Le Cœur de la *Terre*, Meilin ! gronda-t-il en levant le bras. On aurait dû comprendre ! Les monstres de Gila ont le pouvoir de la terre !

Sang et flèches

La secousse du pont avait projeté tous les Oathbound dans le lac. Abéké se releva, maintenant son arc bien au-dessus de l'eau pour que la corde ne se mouille pas. Après un regard rapide derrière elle, où se trouvaient Conor et Briggan, elle se mit en marche d'un pas léger. Au loin, elle apercevait Anka sous la forme d'un nuage flou, ainsi que Meilin, dont l'épée scintillait dans la lumière. Worthy bondissait comme une panthère, sa cape rouge planant dans son dos. Et enfin venaient Rollan et Essix, qui poussait des cris de défi.

Chassant ses tresses derrière sa nuque, Abéké répondit au hurlement du faucon.

– Pour les Capes-Vertes !

– Pour les Capes-Vertes ! répétèrent ses amis.

– Et les Capes-Rouges ! ajouta Worthy dans un miaulement.

Déterminée et survoltée, Abéké se mit à courir sur l'étroite bande de sable. Sur la rive, un mur de soldats les attendait, tous en noir avec des armures en cuivre qui leur protégeaient le cou et les avant-bras. Parmi eux, Wikam le Juste, plus grand que tous, donnait des ordres, l'immense vautour perché sur son épaule.

Wikam, qui voulait très injustement arrêter les Capes-Vertes, les jeter en prison et les condamner à mort, pour un crime qu'ils n'avaient pas commis !

Ce serait sa cible.

Dans un rugissement, Uraza atteignit la rive la première, et les soldats Oathbound tombèrent sur son passage, offrant à Abéké assez d'espace pour mener son assaut. Alors que les autres Capes-Vertes descendaient du pont, Abéké et Uraza coupèrent dans les lignes ennemies, parant les lances sur leur chemin avec une agilité féline. Après un dernier bond, Abéké esquiva deux autres soldats, sortit une flèche de son carquois et tenta de viser Wikam dans la confusion de la bataille. À côté d'elle, Uraza était prête à s'élancer. Sur la rive, résonnaient le fracas du métal, les ordres hurlés et les aboiements de Briggan qui se mêlait aux combats.

Wikam, entouré par six colosses qui brandissaient leurs lances pour former un mur devant lui, montrait à ses soldats où attaquer. Son vautour s'envola de son épaule en battant des ailes pour prendre de la hauteur.

Uraza grognait sur les Oathbound pour les tenir à distance, tandis qu'Abéké bandait son arc, dirigeant la flèche sur son objectif.

Au même instant, Wikam se tourna et il croisa le regard de la Cape-Verte à travers un peloton d'Oathbound qui se ruait sur la rive.

Tu es à moi, songea Abéké, féroce. Sûre de son tir, elle lâcha la corde. La flèche fusa vers le cœur de l'ennemi.

Abéké eut le temps de sentir une pointe d'exaltation – *je t'ai eu* – quand une grande forme noire descendit du ciel en piqué pour attraper la flèche. L'oiseau remonta dans les airs, croassant de triomphe, la flèche entre les serres. Le vautour de Wikam !

Immédiatement, Abéké s'empara d'une autre flèche, visa et tira. La voyant venir, Wikam plaça un de ses hommes sur son trajet. La flèche se planta dans le torse du soldat. Du sang éclaboussa le visage de Wikam. Sans aucun état d'âme, il repoussa la victime. Abéké avait préparé une autre flèche, mais c'était trop tard. Les gardes Oathbound s'étaient resserrés autour de Wikam, lui servant de boucliers.

Elle l'entendit hurler un ordre. Un bataillon de dix soldats se détacha du groupe principal. Leurs lances et épées brandies, ils avancèrent sur Abéké. Uraza rugit et dix guerriers de plus s'attaquèrent à elle.

En reculant, Abéké tira une flèche sur l'un d'eux, puis une autre.

Mais il ne lui en restait que sept.

Ça ne suffirait pas.

Sang et lames de hache

Alors qu'Abéké et Uraza étaient parties vers la gauche, Conor et Briggan traversèrent les troupes de Wikam par le centre. La force et la rapidité canines de Conor le rendaient bien supérieur aux soldats, et Briggan les empêchait de s'attaquer à lui par-derrière.

Dans un cri, Conor agita sa hache au-dessus de sa tête, faisant le vide autour d'eux. Un énorme soldat avec une hache à deux lames enjamba un camarade blessé, et fonça droit vers lui. Il avait tressé ses cheveux roux et sa longue barbe. Il poussa un grognement menaçant.

– Viens ici, Cape-Verte ! Et apprends à mourir !

Les muscles bandés, il s'élança pour trancher Conor en deux avec sa hache.

Le garçon sentit un souffle d'air quand il l'abattit sur lui, mais il l'esquiva.

Avec un soupir de frustration, le guerrier leva de nouveau sa hache haut au-dessus de sa tête et l'abattit sur le Cape-Verte, tel un bourreau qui coupe une tête. Conor fit un pas de côté et la hache s'enfonça dans les galets.

Trop près, songea Conor. Le colosse était rapide. Il fallait l'arrêter.

Il roula au sol et se planta juste devant le soldat. Tenant sa hache par la lame, il lui décocha un coup avec le manche dans le menton.

Mais cela ne fit que redoubler sa colère. Dans un grondement de rage et de douleur, le guerrier fit tournoyer furieusement sa hache dans les airs.

Conor ne pouvait pas lutter contre un tel déchaî-
nement.

– Allons-y ! cria-t-il en direction de Briggan,
et ils se replièrent, suivis par cinq soldats en plus
du barbu.

Sang et amulette

Rollan mit un pied sur la rive, juste au moment où Worthy bondissait en rugissant au milieu d'un groupe d'Oathbound. Ils fondaient sur lui quand, dans un grondement, Worthy se transforma en arme de destruction. Les soldats aux uniformes noirs furent propulsés dans toutes les directions.

Sur la rive, Abéké visait une cible avec son arc, et Meilin brandissait son épée en rappelant Jhi à sa forme active. Conor était poursuivi par un groupe d'Oathbound, tandis que Briggan tentait de protéger ses arrières. Même Anka mettait en application les prises qu'elle venait d'apprendre pour se défendre contre les soldats qui arrivaient de toutes parts.

Dans la main de Rollan, le Cœur de la Terre brûlait comme une pierre restée sous le soleil du désert. Il tenta éperdument de se rappeler les histoires qu'il avait entendues sur les légendaires monstres de Gila. L'amulette recelait un pouvoir immense. S'il arrivait à comprendre comment l'utiliser, ils pourraient peut-être vaincre cette armée d'Oathbound.

Un trait vert et noir passa à côté de sa tête. Une flèche?

Non, la silhouette fit demi-tour pour l'attaquer en piaillant furieusement. Un colibri! *Pas bien méchant*, se dit Rollan. Juste un tout petit oiseau. L'animal totem du soldat de l'Amaya qui fonçait sur lui, une rapière à la main : une fine épée avec une extrémité incroyablement tranchante. Le Cœur toujours dans son poing fermé, Rollan sortit son long couteau de sa ceinture à temps pour bloquer la frappe du Marqué. Le colibri revint devant son visage pour le distraire, et Rollan parvint de justesse à parer l'assaut suivant. Il sentit une douleur fulgurante lui traverser la joue. Quand il secoua la tête, quelques gouttes de sang coulèrent. L'oiseau lui avait-il taillader la pommette ? L'Oathbound repartit à la charge et la rapière glissa sur les côtes de Rollan, trouant ses deux capes. Au même instant, le colibri fonça droit vers son visage. Avec son bec pointu, il visait ses yeux. Il essayait de l'aveugler.

Essix vola alors à la rescousse de son humain, les serres dirigées vers le colibri, qui lui échappa sans difficulté et fusa de nouveau vers Rollan.

Le Cape-Verte leva le bras pour se protéger les yeux.

Quelque chose le frappa alors sur le côté. Il tomba à terre et lâcha l'amulette, qui roula sur les galets. Rollan lutta contre l'immense poids qui l'avait renversé : une Oathbound de deux fois sa carrure, avec des muscles immenses.

Il lui décocha un coup de couteau, mais la lame toucha le col en cuivre. Elle lui passa un bras autour de la gorge et le souleva.

– Les ordres de Wikam ! hurla-t-elle au Marqué, alors que Rollan tentait de se libérer.

Ses pieds ne touchaient même plus le sol.

– Récupère l'amulette ! rugit-elle.

Le Marqué tomba à genoux, son colibri volant autour de sa tête. Désemparé, Rollan le vit ramasser le Cœur avant qu'apparaisse devant ses yeux un nuage de plumes. Sans attendre, Essix lui reprit l'amulette et remonta vers le ciel.

Rollan poussa un cri de victoire et l'Oathbound serra son bras plus fort encore autour de son cou pour lui couper l'air. Il avait déjà été étranglé une fois dans la même journée. Ça faisait trop ! Des points noirs se dessinèrent devant ses yeux. Il commençait à comprendre l'intérêt des cols en cuivre.

Rollan entendit alors un grognement et la pression sur sa gorge se relâcha. Il tomba à genoux, haletant, quand la puissante Oathbound s'effondra à terre, inconsciente. Il leva la tête et vit Anka disparaître dans le paysage.

– Merci ! lâcha-t-il.

Un imperceptible sourire traversa le visage de la jeune fille juste avant qu'il ne la distingue plus du tout.

Il se releva, frotta les nouveaux hématomes sur son cou et tenta de repérer Essix. Mais ce qu'il vit lui coupa le souffle.

À six mètres de lui, Meilin, séparée de Jhi, était encerclée par des Oathbound. Elle se battait avec souplesse, vitesse et précision. Ses mouvements étaient si rapides qu'on n'aurait pu les décomposer : une claque dans la nuque d'un Oathbound, un coup dans les côtes d'un autre, suivi d'une frappe entre les jambes d'un troisième.

Mais dès qu'un soldat s'écroulait à ses pieds, un autre surgissait. Ils étaient trop nombreux !

Worthy aussi était encerclé. Le Cape-Rouge saignait de blessures aux bras, à la jambe et au torse. Chaque fois qu'il tourbillonnait pour taillader un soldat avec ses griffes, des gouttes éclaboussaient autour de lui. Son masque avait été à moitié arraché, révélant un œil de panthère et une bouche

grimaçante. Il était féroce, mais ses gestes devenaient moins rapides.

Conor se retrouvait également submergé par
l'ennemi, même si, avec sa hache, il faisait le vide
autour de lui. Abéké n'avait plus de flèches et utilisait son arc comme un bâton contre les Oathbound
armés de lances.

– Essix ! appela Rollan, désespéré, en scrutant
le ciel.

Il aperçut le faucon du coin de l'œil. Avec le
vautour de Wikam à ses trousses, son animal totem
plongea vers lui, le Cœur de la Terre toujours coincé
dans ses serres. Rollan leva la main à sa rencontre et
ses doigts se refermèrent sur l'amulette. Le vautour
essaya alors de lui faire lâcher la pierre, mais Rollan
tint bon, ignorant la douleur sur ses phalanges.

Le vautour revint à l'assaut avec un râle guttural.

Rollan l'esquiva et vit que Wikam avait ordonné
à un autre groupe de se préparer à l'attaque.
Au moins vingt soldats de plus. Worthy et Meilin
seraient débordés ; Conor et Abéké ne pourraient
pas les aider.

Rollan décocha un coup de couteau au vautour et tenta de frapper du poing de la même façon que précédemment, quand il avait envoyé les Oathbound dans le lac. Le tonnerre gronda et, sous le pouvoir du Cœur, le sol remua et se souleva. Les assaillants furent arrêtés net dans leur élan et tombèrent à genoux. Mais les amis de Rollan aussi. Le tremblement de terre passé, ils se relevèrent tous, ramassant les armes qu'ils avaient lâchées, et le combat reprit.

– D'accord. Ça n'a pas marché, grommela Rollan. Monstre de Gila...

Il recula au moment où deux soldats s'élançaient vers lui, leurs épées brandies.

– Lézard..., chanta-t-il. Euh... il creuse la terre.

Il empoignait fermement la pierre.

– Creuse ! cria-t-il.

Le groupe d'Oathbound avait pratiquement atteint l'endroit où Meilin et Worthy se battaient désormais dos à dos.

Se précipitant en avant avec la même vitesse qu'Essix quand elle plongeait, Rollan cogna le premier assaillant avec le poing qui tenait l'amulette. Il sentit la puissance monter en lui et, dans un grondement, le terrain s'ouvrit sous les pieds des soldats. Vingt hommes furent engloutis dans le trou. Leurs hurlements se firent plus stridents encore quand, d'un geste de la main, Rollan les recouvrit de terre jusqu'au cou.

– Ah! s'exclama-t-il.

Worthy répondit en poussant un miaulement de joie.

Meilin frappa un Oathbound et pivota sur elle-même, se préparant à un autre assaut, mais il ne vint pas d'autre soldat. Elle croisa le regard de Rollan, qui lui adressa un petit hochement de tête.

Quand elle regarda derrière lui, ses traits se déformèrent d'horreur.

Rollan se retourna et vit la raison de son effroi.

Wikam avait gardé plus d'Oathbound encore en réserve. Un immense bataillon d'archers était en place. Sur les cordes, les lourdes flèches semblaient plus tranchantes que du silex. Wikam aboya un ordre et ils armèrent leurs arcs.

Rollan se figea. Le chef des Oathbound n'essayait plus de les capturer. Cela n'avait rien à voir avec la justice. Ses archers avaient bien l'intention de les tuer.

– Baisse-toi ! cria Abéké.

Mais trop tard. Une tempête de flèches fusa dans l'air.

Droit vers les cœurs des Capes-Vertes.

Capes-Rouges

Q uand les archers lâchèrent leurs cordes, Meilin sut qu'elle allait mourir. Ses meilleurs amis et elle seraient troués par assez de flèches pour être tués sur-le-champ. D'instinct, elle se tourna vers Rollan, s'attendant à voir son visage blanc de terreur.

Au contraire, ses yeux brillaient d'un éclat lumineux, tandis qu'il levait le poing dans lequel il tenait l'amulette.

– Monstre de Gila ! Armures !

Les flèches mortelles fusaient dans l'air. Elles n'étaient plus qu'à quelques centimètres, quand Rollan poussa son cri. Elles se figèrent aussitôt avant de tomber au sol en cliquetant.

– Rollan, je pense que je t'aime..., commenta Worthy.

– Eh, des flèches ! se réjouit Abéké en les ramassant pour les ranger dans son carquois.

– Une autre caractéristique des monstres de Gila, c'est leurs armures, lança Rollan en souriant. Et sinon, il y a leur morsure venimeuse.

Il pencha la tête.

– Vous pensez que je pourrais aller mordre Wikam ?

Meilin tourna la tête en direction de l'Oathbound. Son cœur battait la chamade.

– Non, répondit-elle rapidement en levant son épée pour retourner se battre.

Derrière elle, Jhi produisit un rugissement funèbre.

Les Oathbound avaient posé leurs arcs pour s'emparer de leurs épées. Quand Wikam hurla un

nouvel ordre, ils se ruèrent sur les cinq Capes-Vertes et Worthy.

– On va creuser un autre trou ! déclara Rollan, le bras vers le ciel.

Mais les Oathbound s'y étaient préparés.

Quand Rollan frappa l'air du poing en direction des assaillants, ils se séparèrent et contournèrent la fosse qui venait d'apparaître devant eux. Une autre vague de soldats suivit.

Rapidement, Meilin et ses amis furent entourés par une muraille d'épées luisantes.

– Rendez-vous ! hurla Wikam, qui avait accompagné ses guerriers.

Ils s'écartèrent pour le laisser passer jusqu'aux Capes-Vertes. Son vautour vint se poser sur son épaule, ses yeux affreux pétillant de fierté.

Meilin vit les épaules de Worthy s'affaisser et Abéké baissa son arc. Elle jeta un regard à Rollan, qui secoua la tête en écarquillant les yeux. Le Cœur de la Terre ne pouvait plus les sauver, désormais.

– Je ne peux plus rien faire, déclara Anka à côté d'elle. Je ne peux pas vous cacher maintenant qu'ils sont juste devant nous.

— Jetez vos armes, traîtres ! ordonna Wikam. Et rappelez vos animaux totems à leur forme passive !

Meilin vit Rollan lever les yeux vers Essix. Elle pouvait s'enfuir avec le Cœur.

— Si je vois le faucon s'approcher de l'amulette, j'ordonnerai qu'on l'abatte en plein vol ! hurla Wikam.

Rollan déglutit et baissa le poing. Le rayonnement de la pierre faiblissait.

Lentement, Meilin se redressa. L'excitation de la bataille quittait ses muscles et elle tremblait. C'était terminé. S'ils résistaient, ils seraient aussitôt exécutés. Elle appela Jhi à sa forme passive. Abéké et Conor firent de même avec Uraza et Briggan. Essix n'était plus dans les parages.

— Baissez vos armes ! répéta Wikam.

Grand et mince, il se tenait les bras croisés, juste derrière la première rangée de soldats qui menaçaient les enfants avec leurs épées.

— Il est temps que vous répondiez de votre trahison devant la justice.

Meilin savait bien qu'il n'était absolument pas question d'un procès équitable.

La mort, voilà ce que Wikam leur offrirait.

Conor se penchait pour poser sa hache au sol, quand Worthy arracha ce qui restait de son masque et poussa un cri, mi-rugissement, mi-miaulement. Un cri féroce de triomphe.

– *Capes-Rouges !* Avec moi !

Stupéfaite, Meilin vit un groupe de douze Capes-Rouges masqués sortir de la forêt près du lac et se ruer sur la rive de galets.

Devant la nouvelle menace, Wikam se tourna et hurla des ordres dans tous les sens à ses Oathbound. La moitié se chargea de garder les Capes-Vertes. L'autre moitié, au moins quarante guerriers, s'élança vers ses nouveaux adversaires.

Les Capes-Rouges étaient trois fois moins nombreux, mais chacun possédait la puissance, la rapidité et la force de l'animal totem auquel il était lié. Le combat était équilibré. Presque.

– Profitons-en pour nous enfuir ! cria Worthy.

Meilin hocha la tête. Les autres brandissaient déjà leurs armes. Elle vit Worthy échanger une sorte de salut avec le chef des Capes-Rouges, qui portait un masque de bélier.

Worthy savait qu'ils allaient venir à leur rescousse, comprit-elle.

Il ne fallait pas qu'ils gâchent cette occasion.

— Allons-y ! confirma Meilin, et, avec une vitesse prodigieuse, elle confisqua au soldat le plus proche son épée. En la faisant tourbillonner autour d'elle, elle dégagea la voie. Ses camarades la suivirent aussitôt. Au loin, un hurlement de rage retentit quand Wikam prit conscience que les Capes-Vertes s'enfuyaient. Un groupe de guerriers abandonna les combats pour partir à leurs trousses. Grâce à leur rapidité animale, les Capes-Rouges s'empressèrent de les bloquer.

— Ne devrait-on pas les aider ? demanda Abéké en regardant par-dessus son épaule.

Elle tenait une flèche des Oathbound et s'apprêtait à la décocher sur les guerriers.

— Stead et les autres font diversion pour qu'on se sauve, répliqua Worthy.

Il montra du doigt le sentier dans la forêt.

— Attendez ! cria Rollan en se figeant.

Les autres se réunirent autour de lui.

— Ils sauront par où nous sommes partis et nous ne pourrons pas les semer. Le vautour va nous suivre.

Sur la rive, les Capes-Rouges luttaient avec furie, retenant toute l'armée des soldats en uniformes noirs.

– Il faut qu'on parte ! pressa Worthy.

– Oui, on n'a pas de temps à perdre.

– Non, insista Rollan. Je viens de comprendre : les monstres de Gila creusent la terre.

Il leva le poing. Le Cœur de la Terre rayonnait glorieusement.

– Tunnel !

Bruyamment, les galets à leurs pieds remuèrent. Worthy et les Capes-Vertes reculèrent, contemplant, ébahis, le trou qui s'ouvrait sous leurs yeux. Juste assez grand pour qu'ils s'y faufilent.

Rollan se pencha pour l'examiner.

– Parfait !

Des mottes de terre tombèrent autour de l'entrée. Pas particulièrement engageant.

– À toi l'honneur, proposa Worthy, perplexe.

Rollan grimaça et s'introduisit dans le trou en rampant. Sa voix lui parvint.

– Ça continue ! Venez !

L'un après l'autre, ils suivirent, leurs animaux totems toujours dans leur forme passive. Meilin entra en dernier. Alors qu'elle rampait derrière Worthy, la terre s'effondra derrière elle. Une vague de panique la traversa, ils étaient pris au piège. Mais elle comprit alors que si le tunnel se refermait derrière eux, c'était pour les protéger et cacher leur retraite.

Elle avança pendant un long moment dans le noir total.

– Je déteste ça, grommelait Worthy devant elle.

Elle n'adorait pas non plus cette sensation d'enfermement, mais au moins, les Oathbound ne pourraient pas les traquer. C'était leur seule chance de leur échapper.

– Il fait vraiment noir ici, se plaignit Worthy.

Et soudain, Meilin l'entendit ajouter :

– *Tais-toi, Worthy.*

C'était ce qu'elle aurait dit s'il ne lui avait pas retiré les mots de la bouche. Elle tendit la main dans le noir pour lui donner une petite tape rassurante sur la cheville.

– Tout va bien, dit-elle tout bas. On a tous peur.

– Même toi ? murmura-t-il.

– Même moi, confirma-t-elle.

– Oh, lâcha-t-il tout bas. Merci Meilin, dit-il plus bas encore.

Elle avait mal aux genoux et elle savait qu'elle était crasseuse. Elle avait de la terre dans les cheveux et sous les ongles. Elle détestait tellement être sale.

Quelque chose de long et poilu – une queue ? – lui frôla le visage. Elle eut un mouvement de recul. Le tunnel, qui se refermait derrière elle, la forçait à avancer.

La queue touffue lui toucha de nouveau le visage. Elle l'attrapa et la tira violemment.

– Aïïe ! miaula Worthy.

Elle lâcha aussitôt la queue. Attends. Est-ce que... ? Worthy... ?

Un cri étouffé retentit devant elle et un éclair de lumière l'aveugla.

Worthy

D ans un tremblement, la terre les recracha. Les six compagnons furent propulsés sur le sol de la forêt. Le tunnel avait disparu. Ils n'entendaient plus le vacarme des combats et ne virent aucun chemin.

Worthy savait qu'il devait se relever, mais il se sentait si bien, allongé là. Au-dessus de lui, les branches des pins se balançaient doucement dans la brise légère. Si paisible. Ses paupières se fermèrent.

Autour de lui, les autres étaient assis.

– Je pense qu'on est en sécurité, affirma Meilin.

– Je vais demander à Uraza de partir repérer les queues. Les lieux, pardon.

Worthy entendit d'autres sons et se sentit soudain surveillé. Il ouvrit les yeux. Meilin était assise à ses pieds et le regardait. Le panda se tenait derrière elle.

Tout près, Abéké avait son arc à la main et Rollan, son faucon sur l'épaule. À côté d'eux, Conor et Briggan reprenaient leur souffle. Anka aussi était là, ses contours flous se détachant sur le vert de la forêt.

Worthy ne comprenait pas pourquoi les Capes-Vertes le dévisageaient ainsi.

Il s'assit et se leva maladroitement. Il était si fatigué, et ses os le torturaient. Il examina son bras.

Une entaille traversait sa manche. Une blessure !

– Waouh ! s'exclama-t-il. Du sang !

Son pantalon et sa chemise étaient également tachés. Une seconde plus tard, il sentit quatre autres plaies sur son corps.

En miaulant, il retomba à terre.

– Je meurs, gémit-il. Adieu. Promettez-moi que vous penserez à moi quand je ne serai plus là.

Meilin s'agenouilla à côté de lui.

– Worthy.

Il lui adressa un regard malheureux.

– Quoi ? demanda-t-il faiblement.

– Ce sont des blessures superficielles, assura Meilin.

– Alors, je ne meurs pas ? s'enquit-il en clignant des yeux.

– Non, tu ne meurs pas.

Il tenta de s'asseoir, mais elle posa une main sur son épaule pour qu'il reste allongé.

– Mais tu es blessé. Ne bouge pas.

– Tu as besoin de bave de panda, toi, affirma Rollan.

– Oui, acquiesça Meilin. Jhi peut t'aider.

Worthy s'immobilisa, laissant le panda passer sa langue rose sur les plaies qu'il avait au bras, sur les côtes et ailleurs. Une sensation de paix l'envahit. La douleur s'évanouit.

– De la bave de panda, murmura-t-il. Je vois ce que tu veux dire.

Il n'avait plus du tout envie de se lever.

– Repose-toi, lui conseilla Meilin.

Aucun problème. Allongé, Worthy écouta les Capes-Vertes raconter à Anka ce qui s'était passé sur l'île du Cœur de la Terre pendant qu'ils combattaient sur le pont de sable. Ils parlaient d'un esprit, d'un avertissement et d'un monstre de Gila.

– Sacrée histoire, commenta Rollan.

Ensommeillé, il laissa les mots glisser sur lui. Dans une minute, il leur confierait ce qu'il savait sur le deuxième présent destiné aux Capes-Vertes. Ou plutôt, ce qu'il devinait. Sa famille avait autrefois possédé une épée ancestrale. Elle avait été modelée d'après une épée célèbre de l'Eura.

Une histoire de griffe.

Les habitants de l'Eura racontaient des légendes sur un chat sauvage noir. Il y a très longtemps, ce félin traversait le pays avec son humain. Il était question d'une grande épée qu'ils utilisaient tous les deux pour défendre leur maison.

La Griffe du Chat Sauvage.

Ce présent était certainement très puissant, comme le Cœur de la Terre, mais il avait également été caché.

Et personne ne savait exactement en quoi consistaient ses pouvoirs.

L'épée de la famille de Devin Trunswick n'était qu'une réplique, mais cela signifiait sûrement que la vraie se trouvait quelque part à Trunswick.

Lui, Worthy, les y conduirait.

Les Capes-Vertes parlaient toujours.

– Tu sais, disait Conor. La princesse Song était de notre côté, avant. Je pense que nous devrions essayer de lui faire parvenir un message.

– Pour lui dire quoi ? demanda Meilin.

– Nous pourrions la convaincre que les assaillants n'étaient que des Capes-Fausses, répondit Conor.

Typique, se dit Worthy. Conor voyait toujours les qualités des gens. Il se demandait si chez lui aussi, maintenant, Conor les voyait. S'était-il montré à la hauteur ? Les Capes-Vertes le laisseraient-ils rester parmi eux ?

– Non, lança Anka. Nous ne pouvons pas prendre le risque de contacter qui que ce soit. Nous devons continuer notre mission. Nous devons trouver les autres présents.

— Et nous ne savons même pas par où commencer, ajouta Meilin.

Worthy sourit, conscient qu'ils lui feraient encore plus confiance une fois qu'il les aurait menés jusqu'à la griffe.

— Donc..., les interrompit-il en ouvrant les yeux. Je suis un héros ? J'ai fait mes preuves pendant le combat contre les Oathbound ?

Les cinq autres se tournèrent vers lui.

Il s'assit.

Les Capes-Vertes l'appréciaient-ils ? Est-ce qu'ils l'acceptaient enfin ? Il savait que son visage trahissait l'importance qu'il accordait à leur reconnaissance. Il chercha donc dans la poche de sa cape le masque de rechange que les Capes-Rouges portaient toujours sur eux. Délicatement, il se l'attacha autour de la tête pour cacher ses traits.

Mais il ne pouvait plus cacher ce qu'il savait.

— Il faut désormais qu'on retrouve l'épée. La Griffe du Chat Sauvage, que maniait un héros de légende originaire de l'Eura.

Il déglutit.

– Quand... quand je me suis rallié aux Conqué-rants, j'ai laissé Zerif me lier à la panthère noire.

Il leva les yeux pour croiser le regard de Conor.

– Je suis sincèrement, profondément désolé pour ce que j'ai fait. Je voulais...

Il haussa les épaules.

– Je voulais être un héros.

Les quatre Capes-Vertes le contemplaient. Les sourcils de Meilin étaient remontés. Un coin de la bouche de Rollan dessinait un rictus.

– Tu as été un vrai héros au cours de cette bataille contre les Oathbound, répondit Conor.

Même Briggan avait l'air de sourire.

– Heureusement qu'on t'avait à nos côtés, ajouta Abéké.

Worthy se permit de profiter un instant de leurs compliments. Il se leva ensuite en soupirant.

Ils lui adressaient tous un franc sourire.

Il y répondit de bon cœur. Il faisait désormais partie de leur équipe. Jamais il ne s'était senti plus heureux. Et soudain, au comble de l'horreur, il sentit son secret touffu se dérouler sous sa cape rouge.

Rollan éclata de rire.

———◆———

Oh non ! Worthy se prit la tête dans les mains.

– Quoi ? s'écria Anka de sa voix aiguë. Worthy
a une *queue* ?